www.ingramcontent.com/pod-product-compliance
Lightning Source LLC
LaVergne TN
LVHW010400070526
838199LV00065B/5865
* 9 7 8 9 3 5 8 7 2 3 3 6 6 *

# خاکوں کے رنگ: ۲

(خاکے)

شوکت تھانوی

© Taemeer Publications LLC

**KhakoN ke Rang -2** *(Humorous Sketches)*

by: Shaukat Thanvi

Edition: October '2024

Publisher :

*Taemeer Publications LLC* (Michigan, USA / Hyderabad, India)

ISBN 978-93-5872-336-6

9 789358 723366

مصنف یا ناشر کی پیشگی اجازت کے بغیر اس کتاب کا کوئی بھی حصہ کسی بھی شکل میں بشمول ویب سائٹ پر اَپ لوڈنگ کے لیے استعمال نہ کیا جائے۔ نیز اس کتاب پر کسی بھی قسم کے تنازع کو نمٹانے کا اختیار صرف حیدرآباد (تلنگانہ) کی عدلیہ کو ہو گا۔

© تعمیر پبلی کیشنز

| | | |
|---|---|---|
| کتاب | : | **خاکوں کے رنگ: ۲** (خاکے) |
| مصنف | : | **شوکت تھانوی** |
| صنف | : | طنز و مزاح |
| ناشر | : | تعمیر پبلی کیشنز (حیدرآباد، انڈیا) |
| سالِ اشاعت | : | ۲۰۲۴ء |
| صفحات | : | ۱۰۸ |
| سرورق ڈیزائن | : | تعمیر ویب ڈیزائن |

# فہرست

| | | |
|---|---|---|
| (۱) | پنڈت آنند نرائن ملا | 8 |
| (۲) | بابائے اردو | 19 |
| (۳) | بہزاد لکھنوی | 29 |
| (۴) | ارشد تھانوی | 34 |
| (۵) | محمود نظامی | 39 |
| (۶) | مجید لاہوری | 44 |
| (۷) | پنڈت جواہر لال نہرو | 49 |
| (۸) | صوفی غلام مصطفی تبسم | 54 |
| (۹) | مولانا عبدالماجد دریابادی | 59 |
| (۱۰) | صباح الدین عمر | 69 |
| (۱۱) | لتا منگیشکر | 74 |
| (۱۲) | حکیم محمد امین | 79 |
| (۱۳) | حضرت تسکین قریشی | 84 |
| (۱۴) | نسیم ممتاز سید | 89 |
| (۱۵) | مولوی عبدالرؤف عباسی | 94 |
| (۱۶) | مولانا نیاز فتح پوری | 99 |
| (۱۷) | سید ذوالفقار علی بخاری | 104 |

# دیباچہ

محمد طفیل صاحب جن کا کوئی تخلص نہیں ہے، میرے ہمعصروں میں گذر رہے ہیں۔ ان کی خاطر مجھے بے حد عزیز ہے اور میں خود ان کے لیے "بارِ خاطر" کی حیثیت بھی رکھتا ہوں اور "یارِ شاطر" کی بھی۔ چنانچہ یہ مجموعہ جو کچھ بھی ہے ان ہی کی ایک فرمائش کی تعمیل ہے۔

"غبارِ خاطر" دیکھ کر میں نے از راہِ شامتِ اعمال چند خطوط ان کے رسالہ "نقوش" کے لیے لکھے تھے۔ معلوم نہیں وہ کون سی گھڑی تھی جب یہ خطوط لکھے گئے تھے کہ اس جرم کی سزا مجھ کو اور خود طفیل صاحب کو مدتوں بھگتنا پڑی۔ ان کا اصرار کہ میں اسی قسم کے خطوط کا ایک مجموعہ تیار کروں اور میرا اس فرمائش سے فرار۔ مگر آخر اس فرمائش نے فہمائش کی صورت اختیار کر لی اور یہ مجموعہ ہم دونوں کے لیے صحیح معنوں میں بارِ خاطر ثابت ہونے لگا۔ آخر خدا خدا کر کے اب چند خطوط ان کے حوالے کر رہا ہوں۔

ان مکاتیب کی تحریر کے کام سے میں فارغ ہو رہا ہوں اور اب ان کی اشاعت کا سر و سامان خود طفیل صاحب کو کرنا ہے۔ مجھے صرف یہ عرض کرنا ہے کہ میں نے یہ خطوط غبارِ خاطر والے مکاتیب کی طرح قلم برداشتہ تو نہیں البتہ دل برداشتہ ضرور لکھے ہیں۔ اس کے باوجود اگر ان خطوط میں کسی کو کوئی خوبی نظر آ جائے تو اس کو میری کرامت نہ سمجھا جائے بلکہ مولانا آزاد کا فیض سمجھا جائے جن کے مکاتیب کی یہ "ریڑھ

ماری گئی ہے"۔

پیروڈی کا ترجمہ "ریڑھ مارنا" سید محمد جعفری سے مجھ تک پہنچا ہے اور وہ راوی ہیں کہ یہ ترجمہ ماجد صاحب کا ہے۔ بہر حال جس کا بھی ہو خوب ہے اور اس مجموعہ کے لیے تو خوب تر۔

غبارِ خاطر اور بارِ خاطر میں کوئی مناسبت نہیں۔ ع
چہ نسبت خاک را با عالمِ پاک

مولانا آزاد کو جو عشقِ صادق چائے سے ہے وہی پیمانِ وفا میں "پان" سے باندھے ہوئے ہوں۔ یہی وجہ ہے کہ اس مجموعہ کے بیشتر خطوط میں تان آ کر پان ہی پر ٹوٹی ہے۔ اور اس کے علاوہ اس مجموعہ کے کسی خط میں وہ غبارِ خاطر والی کوئی بات کسی کو نہ ملے گی البتہ بارِ خاطر تو یہ ہے ہی۔

شوکت تھانوی
۱۹۵۶ء

**\*\*\***

## پنڈت آنند نرائن ملّا کے نام

گودھی شاہ پورہ ۔ لاہور

صدیقِ محترم

سنا ہے کہ جب میں ادھر آگیا تو آپ نے
بھی پان کھانا شروع کر دیا ہے
خون ہے دل خاک میں احوالِ تباہ پر یسی
ان کے ناخن ہوئے محتاجِ خنا میرے بعد
کون سی کوششِ نئی جواٹھا رکھی گئی ہو کہ آپ بھی پان کھا لیں ۔ آپ کے بے رنگ
یوں پر آپ کے رنگین اشعار سادگی میں پرکاری کا ضرور دکھا تے تھے گلِ ساں
میں وہ رنگ تو اب آیا ہوگا جب پان کھا ئے ہوئے منہ سے آپ خود

اُن خوش نصیبوں کو ستاتے ہوں گے جن پر آج مجھ کو رشک ہے۔ خیر میں وہاں نہ سہی مگر اس خبر ہی سے خوش ہوں کہ آپ نے پان کھانا شروع کر دیا۔ ؏

کفر ٹوٹا خدا خدا کر کے

آپ سامنے نہ سہی مگر میرا اتقد را تنی صناعی تو جا نتا ہی ہے کہ میں آپ کو پان کھاتے ہوئے دیکھ رہا ہوں۔

دُور ہی سے دل ہی دل میں ہم تمہیں چاہا کئے
بند کر لی آنکھ اور دو پہر دل تمہیں دیکھا کئے

سچ بتائیے اس بیگساری کی ابتدا کیسے ہوئی۔ یہ کس کی ضد تھی جو پوری کی گئی۔ ہو نہ ہو واقعہ کچھ اسی قسم کا معلوم ہوتا ہے کہ ؏

نیچ کے جاؤ گے کہاں ملا کوئی
ہاتھ میں لے کر گلال آ ہی گیا

ورنہ ایسے بُتِ کافر کو رام کرنا کس کے بس میں ہو سکتا ہے۔ آپ کی مشرقیت مسلّم۔ مجھے یہ بھی معلوم ہے کہ بچپن سے لیکر کالج کی زندگی تک اور دو کالے لیکر جمی تک آپ نے کبھی اپنی شیروانی اور چُوڑی دار پا جامہ نہیں چھوڑا جہاں تک ہو سکا قمیص بھی نہیں کرتہ ہی پہنا مگر یہ آپ کو اب معلوم ہوا ہو گا مشرقیت بغیر پان کے اپنی تکمیل تک نہیں پہنچتی۔ مگر صاحب ایک عادت ہے یہی سب لیجیے کا آپ سے

پان شروع کیا ہے اور میں پان ختم کرنے پر مجبور ہوتا جا رہا ہوں اس لئے کہ پان کے سلسلے میں میرا ذوقِ سلیم جو نفاستیں چاہتا ہے وہ ناممکن ہوتی جا رہی ہیں۔ پان کی یہاں وہ قسم ملتی ہے جو خدا نہ کرے کہ پان ہو ایک نہایت لدھڑ سا پتہ جس کو ذائقہ کے اعتبار سے برگِ شجرِ نیزاب کہنا مناسب ہوگا اور جس کو چبانا لوہے کے چنے چبانے سے کم نہیں یہاں پان کہلاتا ہے۔ ع

برعکس نہند نامِ زنگی کافور

اس برگِ سبز پر کتھا چونا لگا کر کھانے کے بعد منہ پر اگالدان کا اور منہ کے اندر رٹپسن کے خاندان کا شبہ ہوتا ہے اور آپ تو جانتے ہیں کہ یہاں پان کے معاملہ میں طبیعت اتنی حسّاس اور حِس اتنی نازک پائی ہے کہ ؎

خیالِ جام رہا عادتِ شراب کے ساتھ
میں بادہ کش ہوں مگر حُسنِ انتخاب کے ساتھ

نتیجہ یہ کہ صرف تیمّم پر گذر اوقات کر رہا ہوں پان نصیب نہیں تو خشک گُٹکہ کھا کر دل کو سمجھا لیتا ہوں کہ اس میں پان نہ سہی کم سے کم خلوص تو ہے۔ گٹکہ کھانے کے بعد یہ اطمینان بہرحال رہتا ہے کہ گٹکہ سہی مگر دھوکہ نہیں کھایا۔ مختصر یہ کہ آپ نے اُس وقت پان کھانا شروع کیا جب میں پان چھوڑ چکا ہوں۔ ع

میں ہُوا کافر تو وہ کافر مسلماں ہو گیا

اگر کبھی وہ پان مل جاتا ہے تو اپنے کو عید بقر عید کا نورباف محسوس کرتا ہوں۔

ورنہ آپ تو صرف کھدّر پہنتے ہیں میں کھدّر کھاتا بھی ہوں۔ کچھ بھی ہو مگر طبیعت اس کو گوارا نہیں کرتی کہ ع

اچھی پی لی خراب پی لی جیسی پائی شراب پی لی

مگر اس وقت میرے پاندان میں ایک آدھ نازک اندام پان بھی موجود ہے جن کی ایک گلوری آپ کا نام لیکر کھاتا ہوں غالباً یہ آپکے پان کھانے کا ثواب مجھ کو پہنچ رہا ہے۔

مجھ کو نہ جانے کیوں اس وقت مشترکہ ہندوستان کا وہ دور یاد آرہا ہے جب ریلوے اسٹیشنوں پر ہندو پانی اور مسلمان پانی ہوا کرتے تھے حالانکہ ان میں سے کوئی پانی نہ خالص گنگا جل ہوتا تھا نہ خالص آبِ زم زم خیر یہ بھی اچھا ہوا کہ لاٹھی مارے بغیر یہ پانی جُدا ہو گیا۔ مگر میں پانی کے تو نہیں البتہ پان کے مذہب کا ضرور قائل ہوں۔ پان بیشک ہندو پان اور مسلمان پان ہوتے ہیں۔ اب تو ماشاء اللہ آپ بھی پان کھانے لگے ہیں یہ تجربہ بھی کر دیکھئے کہ ایک ہندو پنواڑی کے اور ایک مسلمان تنبولی کے پان کے ذائقہ میں بڑا فرق ہوتا ہے وہ بیڑا بنائے گا اور یہ گلوری وہ کچھ خوشبوئیں کچھ نکھار کچھ ٹھنڈک۔ کچھ ناریل کا بُرادہ وغیرہ ڈال کر پان کو بھی بارہ مسالے کی چاٹ بنا دے گا اور یہ صرف کتھے چونے۔ چھالیہ اور الائچی۔ تمبا کو اور قوام کے توازن کی فکر اس احتیاط سے کریگا کہ گویا شعر کہہ رہا ہے اور خیال سے

بحر کا کہ کوئی رُکن گھٹنے یا بڑھنے نہ پائے مختصر یہ کہ ؎

ایک کوتاہ نظر ایک ذرا دُور اندیش
فرق کچھ زاہد و مئے نوش کی نیت میں نہیں

معلوم نہیں آپ نے کون سا پان کھایا۔ بہرحال کھایا تو سہی۔ اب کھانا شروع کیا ہے تو کھانا بھی آجائے گا۔ اس کا سلیقہ بھی آجائے گا اس کے آداب بھی آجائیں گے ؎

اک ذرا کام و دہن کی تربیت درکار ہے
ورنہ یہ مینا میں جو شے ہے بُری ہوتی نہیں

لیجئے خط نہ جانے کیوں شروع کیا تھا اور ذکر چھڑ گیا پان کا۔ اس ذکر کے بعد اور سب کچھ بھول جاتا ہوں یہ نہ جانے کیا سحر ہے پان کا ؎

پھر دیکھئے اندازِ گل افشانیٔ گفتار
رکھ دے کوئی پیمانۂ صہبا مرے آگے

خیر پھر سہی۔ بازندہ صحبت باقی۔

شوکت تھانوی

# (۲)

گردشی شاہد۔ لاہور

زباں تک حرفِ دل لانا بھی مشکل ہوتا جاتا ہے
یہ کیسا یا الٰہی رنگِ محفل ہوتا جاتا ہے

صدیقِ مکرم!

کل کا خط پان سے شروع ہو کر پان ہی پر ختم ہو گیا۔ کہنا کچھ چاہتا تھا حکایت کچھ اور ہی چھڑ گئی۔ اور جب حکایت لذیذ ہو تو خواہ مخواہ دراز ہو جاتی ہے۔ آج دانستہ میں پان کا ذکر چھیڑنا نہیں چاہتا ورنہ بات پھر دل کی دل ہی میں رہ جائے گی۔ کل کی حکایت جس قدر لذیذ تھی آج کا مسئلہ اُسی قدر تلخ ہے۔ اور جو بحث میں چھیڑنے والا ہوں۔ جانتا ہوں کہ اُس

سلسلے میں آپ کا دل کس قدر دکھا ہوا ہے مگر دردِ دل اُسی سے بیان ہو سکتا ہے جو درد کا لذت شناس ہو اس کے باوجود جو بات آپ سے کرنا چاہتا ہوں اُس پہ آپ کی حالت کا اندازہ کرتے ہوئے دل بھر آتا ہے۔ ؎

ہم نے بھی مُلّا کو سمجھانے کو سمجھایا مگر
چوٹ سی لگتی ہے دل میں اس کو سمجھاتے ہوئے

بھارت میں اُردو کو جہر مارا تو نہیں کیا جا سکتا مگر زندہ درگور ضرور کیا جا سکتا ہے۔ یہ صرف اندیشہ نہیں بلکہ واقعہ ہے جس کو آج سے چھ سات سال پہلے خود آپ محسوس کر چکے ہیں۔ ؎

اک موت کا جشن ہی منالیں تو چلیں
پھر پونچھ کے اشک مسکرالیں تو چلیں
آ تجھ کو گلے لگا کے مٹتی اُردو
اک آخری گیت اور گالیں تو چلیں

دل کرا ہتا ہے آپ کے ایسے لوگوں کے لئے جن کے لئے وطن کی محبت بھی جزوِ ایمان ہے اور اُردو بھی زندگی کا سرمایہ ہے۔ بھارت کی آزادی جن کی مُنہ مانگی مراد ہے ان میں سے ایک آپ بھی ہیں مگر اس آزادی کے بعد اُردو کو جو دن دیکھنا پڑے وہ آپ سے بھی کھلا ہی گئے ؎

لبِ مادر نے ملا لوریاں جس میں سنائی تھیں
وہ دن آیا ہے اب اس کو بھی غیروں کی زباں سمجھو۔

اور یہ کیفیت صرف آپ ہی کی نہیں بلکہ میرا ایمان ہے کہ پنڈت جواہر لال نہرو بھی اسی کرب میں مبتلا ہوں گے خواہ ان کے سیاسی مصالح ان کو اس باب میں کتنا ہی محتاط رکھیں وہ اُردو کی حمایت میں کیسی ہی ناپ تول سے کیوں نہ کام لیں مگر اُردو کے لئے ان کا دل بھی مسلسل رہا ہوگا مگر میں نے بھارت میں اُردو کے مسئلہ کو ایک اور ہی زاویۂ نظر سے دیکھا ہے ممکن ہے یہ نظر کا دھوکہ ہو اور میں خود اپنے کو فریب دے کر مطمئن ہونے کے بہانے ڈھونڈھ رہا ہوں مگر ۱۹۵۵ء میں دو مرتبہ ہندوستان جانے کے بعد سے میں اُردو کی طرف سے اتنا مایوس نہیں ہوں جتنا صرف اخبارات پڑھ کر ہو جایا کرتا تھا۔ اس میں شک نہیں کہ اُردو کو ختم کرنے اور اُردو کی جگہ ہندی کو دینے کی نہایت سمجھی بوجھی جد و جہد جاری ہے مگر اس مشن کو چلانے والوں ہی کا دل جانتا ہوگا کہ یہ مرحلہ کس قدر دشوار ہے اور خود اُن کے حوصلے کس تیزی سے پست ہوئے ہیں یہاں تک کہ اب اُردو کی مخالفت میں جتنی شدت اختیار کی جا رہی ہے، احساس کمتری اور انفعالِ شکست اُسی شدت سے نمایاں ہو رہا ہے۔

آ گئی ختم پہ بازی دلِ ناکام تری
مات کھاتا ہے جسے چل کے وہ چال آئی ہے

یہ دراصل ہندی کے عجز کا اعتراف ہے جو اردو کی مخالفت کی صورت میں نمایاں ہو رہا ہے۔ اگر ہندی کی مقبولیت اور ہمہ گیری پر ہندی کے ہواخواہوں کو واقعی اعتماد ہوتا تو وہ ہندی کی تبلیغ بیشک کرتے مگر ہندی کی تبلیغ سے زیادہ اردو کی مخالفت پر اپنا زور ختم نہ کرتے مگر چونکہ ان کو یقین ہے کہ جب تک یہ کمبخت اردو موجود ہے ہماری ہندی کی دال نہیں گل سکتی لہذا اردو کی چتا پر ہندی کی بنیاد رکھنے کے منصوبے ہو رہے ہیں مگر عالم یہ ہے کہ یہی ہندی کے ہواخواہ اردو کے بغیر اپنی نجی اور بے ساختہ زندگی کا ہر کیف کھو چکے ہیں ؎

اب تمنا بے صلہ ہے اب نگاہیں بے پیام
زندگی اک فرض ہے جینا چلا جاتا ہوں میں

مگر کوئی پوچھے یہ سب کچھ میں آپ کو کیوں لکھ رہا ہوں آپ تو خود ہی اس کرب میں مبتلا ہیں جس میں میں اپنے کو مبتلا پاتا ہوں بلکہ شاید مجھ سے زیادہ قیامت آپ پر گذر رہی ہو گی میں اردو کے سفینے کی غرقابی کا تماشہ ایک سبکسار ساحل کی حیثیت سے دیکھ رہا ہوں مگر آپ تو خود ہی اس سفینے میں موجود ہیں اور اس طوفان سے کھیل رہے ہیں آپ تو ظاہر ہے کہ یہی

کہیں گے کہ ؎

کہیں کیا تم سے ہم اپنے دلِ مجبور کا عالم
سمجھ میں وجہِ غم آتی ہے اور درماں نہیں آتا

مگر یہ سب کچھ آپ کو ایک اندیشے کے ماتحت لکھا جا رہا ہے کہ کہیں یہ حالات آپ کو قانع نہ بنا دیں۔ کہیں اُردو کی جنگ کا یہ سالار اُردو کے مزار کا مجاور بن کر نہ بیٹھ رہے کہیں آپ یہ نہ کہنے لگیں کہ ؎

سب کی سنتا جا رہا ہوں اور کچھ کہتا نہیں
وہ زباں ہوں اب جسے دانتوں میں رہنا آ گیا
زندگی سے کیا لڑیں جب کوئی بھی اپنا نہیں
ہو کے شل دھارے کے رُخ پر ہم کو بہنا آ گیا

اگر آپ نے بھی ہمت ہار دی، اگر آپ بھی چُپ ہو کر بیٹھ رہے اگر آپ کا احتجاج بھی سرد پڑ گیا تو اُردو کا خدا ہی حافظ ہے۔ اُن فرقہ پرستوں کو جو اُردو کو مسلمان سمجھتے ہیں آپ کے سوا کون سمجھا سکتا ہے کہ یہ تو وہ کافر زبان ہے جو سوائے محبت کے اور کسی مذہب کی زبان نہیں مگر یہ واقعہ ہے کہ بھارت میں اُردو پر وہ وقت آ پڑا ہے کہ آپ خود اپنے کو دہراتے ہوئے پر محسوس کر رہے ہوں گے ؎

کھڑا ہوں دیر سے گم زیست کے دوراہے پہ
جو کارواں سے چھٹتا ہے وہ مقام آیا
مگر کیا آپ بھی واقعی اس کارواں سے بچھڑ جائیں گے اور اگر بچھڑ گئے تو اردو
کا جو حشر ہوگا وہ تو ہوگا ہی مگر خود آپ کیا کریں گے؟

شوکت تھانوی

# بابائے اُردو کے نام

گڑھی شاہو۔ لاہور

سیّدی و مولائی

اُردو کا ذکر ہو تو مخاطب آپ کے سوا اور کون ہوسکتا ہے۔ مگر ذرا ٹھہرئیے میں ایک تازہ گلوری کھالوں تاکہ اس رنگین زبان کے مرثیے میں کچھ خون کی چھینٹیں شامل ہوسکیں۔ آج اتفاق سے یہاں بھی وہ بستر آگئے ہیں جنہیں ایک زمانے میں اہلِ زباں اس لئے کہا نے تھے کہ گل افشانیٔ گفتار کے انداز دکھا سکیں اور اب بے زبان اس لئے کہانے ہیں کہ اپنی زباں بندی پر خون کے گھونٹ پی کر رہ جائیں۔ مگر اس باب میں صرف بھارت کی شکایت کیوں کی جائے ہمارے پاکستان ہی نے

اُردو کو اُردو کا وہ حق کب دیا ہے جس کی وہ مستحق تھی ؎

ہے ایک تیر جس میں دونوں چھدے پڑے ہیں
وہ دن گئے کہ اپنا دل سے جگر جدا تھا

ہندوستان کی طرف سے تو آپ اطمینان رکھیئے وہاں اُردو ہی کا نام ہندی رکھ دیا جائے تو دوسری بات ہے ورنہ اُردو آسانی سے مٹ نہیں سکتی اُنہوں نے اُردو کے لئے جتنا کام کیا ہے اُس سے کسی کافر ہی کو انکار ہو گا مگر یہ بھی واقعہ ہے کہ ہندوستان میں اُردو کی سب سے بڑی محسن لتا منگیشکر ہے جس نے اپنے گانوں کی شکل میں اُردو کو نہ صرف ہندوستان کے گوشے گوشے تک پہنچا دیا ہے بلکہ لنکا۔ برما۔ آسام اور اس سے بھی آگے انڈونیشیا۔ چین۔ پھر ادھر افریقہ اور نہ جانے کہاں کہاں لتا کے وہ گانے گنگنائے اور گائے جاتے ہیں جو اُردو کے علاوہ اور کسی زبان میں نہیں ہیں۔ ان میں سے بعض ممالک میں تو اُردو پہلے ہی سے پہنچی ہوئی تھی لہٰذا ان ممالک کے باشندے بجا طور پر کہہ سکتے ہیں کہ ؎

تازہ نہیں ہے نشۂ فکرِ سخن مجھے
تریاکیِ قدیم ہوں دودِ چراغ کا

مگر وہ ممالک بھی جہاں اُردو مشکل سمجھی جا سکتی ہے ان گانوں کی شکل میں اُردو کا کلمہ پڑھتے نظر آتے ہیں۔ مگر اب یہ دھاندلی ملاحظہ ہو کہ اس اُردو

کو ہندی کہا جا رہا ہے گر یا یہ ہندی ہے کہ ؎

راجہ کی بات پر غصہ جو آگیا

زلفوں کا بادل گالوں پہ چھا گیا

ابھی ابھی دن تھا ابھی ابھی رات ہے

پہلی ملاقات ہے پہلی ملاقات

اور اس اُردو کو بھی ہندی کہا جا سکتا ہے تو کیا تعجب ہے کہ ڈاکٹر عبدالحق کو بھی ڈاکٹر سمپورنا نند کہنے پر ان لوگوں کو اصرار ہو۔ حد یہ ہے کہ ابھی پچھلے دنوں جس ہندی تصویر کو پہلا انعام دیا گیا ہے اس کا نام ہے "مرزا غالب" ظاہر ہے کہ مشہور فلم ساز سہراب مودی نے اُردو کے عظیم المرتبت شاعر کو اپنے جس فلم کا موضوع بنایا ہے وہ فلم اُردو ہی کا ہو سکتا ہے مگر اعلان یہی کیا گیا کہ اس سال کا بہترین ہندی فلم "مرزا غالب" قرار پایا ہے۔ صرف اسی ایک واقعہ سے یہ اندازہ ہو سکتا ہے کہ ہندوستان میں اردو کو ختم کرنے کی ہر کوشش میں ناکام رہنے کے بعد اُردو زبان کے معاملہ میں منہ کی کھانے کے بعد اب یہ ہو رہا ہے کہ ؎

موت کو بھی زندگی کہہ کر گوارا کیجئے

اور بجائے اُردو کو ختم کرنے کے یہ کیا جائے کہ اسی کو ہندی کہا جائے گویا دشمنی صرف لفظ اُردو سے ہے اور اصل سوال زبان کا نہیں بلکہ رسم الخط

کا ہے اس لئے کہ یہ رسم الخط ہی کمبخت توہین کی گانٹھ ہے۔ اسی رسم الخط میں تمام مسلم کلچر چھپا ہوا ہے اور اسی رسم الخط کی وجہ سے اُردو کو مسلمانوں کی زبان کہا جاتا ہے اگر یہی زبان ہندی رسم الخط میں آجائے تو اسی کو شری سمپورنانند بھی اپنی مادری زبان کہنے لگیں اور یہی ٹنڈن جی کی بھی منہ مانگی زبان بن جائے۔ رہ گئی آل انڈیا ریڈیو کی خبروں والی زبان اس کے متعلق تو خود ہندی کے ہوا خواہوں کو یہ اعتراف ہے کہ ؎

آگہی دامِ شنیدن جس قدر چاہے بچھائے
مدعا عنقا ہے اپنے عالمِ تقریر کا

اگر یہی بھارت کی قومی زبان ہوتی تو اسی زبان میں بھارت کے فلم ساز بھی فلم بناتے مگر وہ اپنے سرمائے کو اس خطرے میں نہیں ڈال سکتے وہ جانتے ہیں کہ اگر ان کا فلم اُردو نہ ہوئے تو سینما ہال میں اُلّو بولنے لگے متعصب سے متعصب ہندو فلم ساز بھی اس کے لئے مجبور ہے کہ اپنے فلم کو مقبول بنانے کے لئے وہی زبان اختیار کرے جو ایک منظّم سازش کے ماتحت مردود قرار پا رہی ہے مگر لطیفہ یہ ہے کہ ہندی نوازی اور اُردو بیزاری کا جتنا زور ہوا اتنا ہی ہندی کا عجز اور اُردو کی ہمہ گیری نمایاں ہوئی اُردو کو مٹانے کی جتنی کوششیں ہوئیں اُردو کی اتنی ہی ضرورت پیش آئی ؎

ہو کے عاشق وہ پری رُخ اور نازک بن گیا
رنگ کھلتا جائے ہے جتنا کہ اُڑتا جائے ہے

اور اب سوچ بچار کرنے کے بعد صرف یہی ایک صورت سمجھ میں آئی ہے کہ ہندی تو بجائے خود کچھ ہے ہی نہیں یہی ہو سکتا ہے کہ ہندی کو اُردو میں گم کر کے اُردو کو ہندی رسم الخط میں چھپا لیا جائے۔ ؎

ہاں اہلِ طلب کون سُنے طعنۂ نایافت
دیکھا کہ وہ ملتا نہیں اپنے ہی کو کھو آئے

بہر حال اُردو زبان کی حیثیت سے تو ہندوستان سے اس وقت تک ختم نہیں ہو سکتی جب تک کہ ہندوستان گونگا ہونا نہ طے کر لے البتہ اُردو رسم الخط کا خدا حافظ ہے اور اگر رسم الخط ہندی ہو گیا تو اُردو کے کرم کرم میں بڑی آسانیاں پیدا ہو جائیں گی۔ خیر یہ تو "بیرونِ خانہ" کی باتیں ہیں آپ سے باتیں کرتا ہوں "درونِ در" کی مگر ہاتھ بے ساختہ بڑھ رہا ہے پاندان کی طرف لہٰذا قلمدان بند کرتا ہوں تاکہ پاندان کھل سکے اور ایک تازہ گلوری اُردو کا غم غلط کر سکے۔

شوکت تھانوی

(۲)

گڑھی شاہو - لاہور

سیّدی و مولائی

کل کا خط کچھ گھر کے باہر ہی باہر ختم ہو گیا اور اصل موضوع زیر بحث نہ آ سکا ہر چند کہ میں جانتا ہوں کہ اس تکلیف وہ ذکر پر آپ ایک مرتبہ پھر بیتاب ہو کر کہیں گے کہ ؎

غالبؔ ہمیں نہ چھیڑ کہ پھر جوشِ اشک سے
بیٹھے ہیں ہم تہیۂ طوفاں کئے ہوئے

بلکہ آپ تو کئی مرتبہ یہ طوفان اُٹھا بھی چکے ہیں۔ ابھی جب دستور ساز وں نے زبان کے سلسلے میں اپنا فیصلہ سُنایا ہے تو آپ نے کھری کھری سُنا کر رکھدی

تھی۔ الامان والحفیظ کس قدر سخت تھا وہ بیان اور اس بیان سے یہ بھی ظاہر تھا کہ ؎

رگ و پے میں جب اُترے زہرِ غم تب دیکھئے کیا ہو
ابھی تو تلخیِ کام و دہن کی آزمائش ہے

مگر سچ پوچھئے تو حق مانگنے کا وقت گذر چکا اور حق تلفیوں نے اب ہم کو اُس منزل پر پہنچا دیا ہے جہاں "کوتاہ دستی" کا دوسرا نام محرومی ہے اب تو ہم کو حق خود حاصل کرنا ہوگا اور اس کے لئے نہایت منظم کوششوں کی ضرورت ہے۔ ہمارا دوسرا بازو اُردو سے اتنا بیزار نہیں جتنا اُردو سے ناآشنا ہے اب یہ کام انجمن ترقی اُردو کا ہے کہ وہ مشرقی پاکستان تک اُردو کو ایسے لباس میں لے جائے کہ اُس سے اجنبیت اور بیگانگی قطعاً نہ برتنے۔ اسکی ایک ترکیب ذہن میں آئی ہے لقمان کو درسِ حکمت دینے کی جسارت تو نہیں کرتا مگر یہ استدعا ضرور ہے کہ اس تجویز پر غور فرما لیا جائے کیا عجب ہے کہ اسی غور و فکر سے اس اُلجھاؤ کے کسی سُلجھاؤ کی صورت پیدا ہو سکے۔

جو تجویز میرے ذہن میں آئی ہے وہ یہ ہے کہ کلام پاک کے نہایت ارزاں نسخے لاکھوں کی تعداد میں مشرقی پاکستان پہنچا دیئے جائیں۔ یہ نسخے مترجم ہوں۔ ترجمہ اُن ہی کی زبان یعنی بنگالی میں ہو مگر وہ بنگالی لکھی جائے قرآنی رسم الخط میں یعنی اُردو میں ؎

کیا تعجب ہے کہ اس کو دیکھ کر آ جائے رحم
واں تلک کوئی کسی حیلے سے پہنچا دے مجھے

پھر یہ حیلہ تو "حیلۂ شرعی" ہے۔ اس طرح اُردو رسم الخط سے نہ صرف بیگانگی ختم ہو جائے گی بلکہ اس رسم الخط سے اس شناسائی کے بعد اُردو زبان سے بھی وہ قریب آ سکیں گے اور ایک مرتبہ اُردو زبان سے قریب آنے کے بعد پھر ان کو یہ سمجھانے کی ضرورت باقی نہ رہے گی کہ جس سنسکرت نژاد بنگالی کو وہ اپنی زبان سمجھ رہے ہیں وہ در اصل ان کی زبان نہیں بلکہ ان کی غلامانہ ذہنیت اور ان کے احساس کمتری کی زبان ہے۔ ان کا مذہب ان کے لئے جو کلچر لایا ہے وہ اپنے کو اس کلچر میں اُس وقت تک ڈھال ہی نہیں سکتے جب تک کہ وہ قرآنی رسم الخط کو نہ اپنائیں اور اس رسم الخط میں اپنی زبان سے منتقل نہ ہو۔ زبان جو ان کو ملے گی وہ اُردو ہی ہو گی جس سے وہ اپنے اُس کلچر کو بھی سمجھ سکیں گے جو بحیثیت مسلمان کے ان کا ہونا چاہیئے مگر بنگالی زبان کی وجہ سے نہیں ہے۔ وہ کلام پاک کی وجہ سے عربی رسم الخط سے ناواقف نہیں ہیں اگر اسی رسم الخط میں ان کو اپنی زبان بھی مل جائے تو وہ اُردو سے قریب تر آ جائیں گے اور اُردو میں لکھی ہوئی بنگالی ہی ان کو اُردو سکھا دے گی۔

ظاہر ہے کہ اس کام کے لئے سرمایہ کی بھی ضرورت ہے اور یہ کام ایک دو

دن کا بھی نہیں۔ مگر اُردو دوستی کا دم بھرنے والے اور مشرقی اور مغربی پاکستان کو شیر و شکر دیکھنے کے آرزومندوں میں ایسے مخیر صاحبانِ حیثیت کی بھی کمی نہ ہو گی جو ایسے مفید مقصد کے لئے اپنے جود و سخا سے کام لے کر آگے بڑھیں۔ اس تجویز کی تفصیل تو آپ کے ذہن میں آئے گی یہ تو ایک اجمال ہے ایک اشارہ ہے۔ مجھے معلوم ہے کہ میرے ذہنِ ناقص نے بڑا تیر مارا تو یہ ایک تجویز پیش کی ہے ایسی ایسی خدا جانے کتنی تجاویز خود آپ کے ذہنِ رسا میں موجود ہوں گی بہر حال یہ تجویز نہ سہی کوئی اور ترکیب سہی مقصد ہے کام سے اور انتھک کام سے اب یہ کام نجی کوششوں ہی سے ہوگا ہمارے قسمت ساز تو اُردو کی تقدیر کا فیصلہ کر ہی چکے ؎

میرے غم خانے کی قسمت جب رقم ہونے لگی
لکھ دیا منجملۂ اسبابِ ویرانی مجھے

اب ان سے کوئی امید رکھنا اپنے کو جھوٹی تسلیوں سے بہلانا ہے۔ حصولِ پاکستان کے مقاصد میں سے ایک اہم مقصد اُردو کی سرسبزی بھی تھا جس کو بھلا دیا گیا۔ اُردو کے سلسلے میں قائد اعظم تک کے کیے وعدے کا احترام قائد اعظم زندہ باد کے نعرے بلند کرنے والوں نے نہ کیا۔ قیام پاکستان کے بعد سے اب تک یہ مسئلہ کھٹائی میں ڈالے رکھا اور آخر اب فیصلہ بھی کیا تو وہ جو قومی زبان کو آدھا تیتر آدھا بٹیر بنا کر رکھ دے۔ بہر حال ان ذمہ داروں

سے اب کچھ کہنا بیکار ہے۔ جو کچھ کہا جا سکتا تھا کہا جا چکا۔ آپ بھی کہتے کہتے تھک گئے ہوں گے ؎

رہی نہ طاقتِ گفتار اور اگر ہو بھی
تو کس اُمید پہ کہیئے کہ آرزو کیا ہے؟

اب تو اُردو کو اپنا جادو خود جگانا ہے۔ ملاحظہ فرمایئے بنگال کی مناسبت سے جادو جگانا کس قدر برمحل اور بیساختہ صرف ہوا ہے۔ اس تقریب میں ایک تازہ گلوری اور سہی مگر آپ کیا جانیں پان اور پاندان کے آداب کو کاش اس میخانے میں کبھی آپ کا گذر بھی ہوا ہوتا اور وہ نفاست جو آپ کے مزاج میں موجود ہے پان اور پاندان کے حصے میں بھی آجاتی۔ پان کھانے والوں کی کمی نہیں مگر یہ شغل جو نفاست چاہتا ہے وہ بہت کم نظر آتی ہے۔ مگر آپ سے اس عمر میں یہ توقع ہی بیکار ہے ؎

آخری وقت میں کیا خاک مسلماں ہونگے

شوکت تھانوی

# بہزاد لکھنوی کے نام

گڑھی شاہو۔ لاہور

حبیبی!

ابھی مجھ پر ایک شدید حادثہ گذر رہا ہے۔ جو زلزلہ آیا تھا وہ گذر گیا مگر دماغ اب تک ہچکولے کھا رہا ہے۔ ایک صاحب تشریف لائے تھے میرے پاس۔ میں اس وقت پاندان کی نازبرداری میں مصروف تھا کہ اُن صاحب کو بھی پان کھانے کی ضرورت لاحق ہو گئی۔ کاش وہ مجھ سے فرما دیتے اور میں ان کے لئے گلوری بنا دیتا۔ مگر وہ ٹھہرے بے تکلّف۔ پاندان میرے سامنے سے گھسیٹ لیا۔ پیشتر پان کو جو شالباف کی چادر اوڑھے خوابِ ناز میں تھے جھنجھوڑ ڈالا۔ تلے اوپر دو تین پان رکھے نہایت

بے دردی سے اُن پہ کتھا چونا لیپا۔ کتھے کی کچی چونے میں اور چونے کی کچی کتھے میں لتھیڑی۔ علی الحساب تمبا کو اس طرح چھڑکا جیسے کوئی جلاد زخم پر نمک پاشی کرے۔ پھر میٹھی چھالیہ ڈالی مختصر یہ کہ اس پان کو آدھے چھوٹے کا دونا بنا کر منہ میں انڈیل دیا۔ پھر ایک انگلی کتھے کی کلھیا میں ڈال کر چاٹ گئے اور میں ایک جھرجھری لے کر رہ گیا۔ پھر وہی انگلی چونے کی کلھیا میں ڈال کر چاٹ گئی اور میں نے چاہا کہ اپنا سر پیٹ لوں۔ اس کے بعد اپنی لتھڑی ہوئی انگلیاں کچھ قالین سے صاف کیں۔ کچھ اپنے رومال سے۔ مختصر یہ کہ مجھ کو اس قابل نہ چھوڑا کہ میں اپنے کو صحیح الدماغ سمجھ سکوں۔ وہ نہ جانے کیا کیا فرماتے رہے مگر میرا ذہن بیمار ہو چکا تھا مجھ پر ایک امتلائی کیفیت طاری تھی اور میں صرف یہ چاہتا تھا کہ یہ حضرت جلد سے جلد تشریف لے جائیں چنانچہ وہ خدا خدا کر کے رخصت ہوئے اور میں دونوں ہاتھوں سے دیر تک سر تھامے بیٹھا رہا۔ پھر اُٹھا اور میں نے اپنے مظلوم پاندان کا غسل صحت شروع کیا۔ تمام کتھا بدل دیا۔ چونا پھر سے بھرا۔ صافی تبدیل کر دی۔ پان ایک مرتبہ پھر دھو کر ترتیب سے رکھے۔ مگر اس کے باوجود اب تک پان کھانے کو جی نہیں چاہتا اور رہ رہ کر آپ یاد آ رہے ہیں میں اب تک صرف آپ ہی کو بے احتیاط سمجھتا تھا مگر یہ حضرت تو آپ سے بھی بازی لے گئے خیر ان پر تو کوئی زور نہیں مگر

آپ سے تو میں کہہ ہی سکتا ہوں کہ کیا کوئی ایسی صورت نہیں کہ آپ یہ شغل ترک کر دیں اس میں شک نہیں کہ آپ بذاتِ خود نہایت درویش صفت واقع ہوئے ہیں اور غالباً اپنے ظاہر سے زیادہ اپنے باطن کی صفائی کے قائل ہیں مگر کاش آپ کبھی غور فرماتے کہ آپکے پانوں کی ڈبیا آپ کی چنوٹی اور آپ کا بٹوہ کس حد قابل توجہ محکمۂ حفظانِ صحت ہوتے ہیں پھر آپکے ہاتھوں کی وہ مختلف اُنگلیاں جو بے تکلف چنوٹی میں پیوست ہوتی رہتی ہیں کسی مصرف سے مصروف تنبولی کے لئے بھی آئینۂ عبرت بن کر رہ گئی ہیں۔ اس سے پہلے کہ میں آپ سے کچھ اور کہوں یہ عرض کر دینا ضروری ہے کہ میں اُن رندوں میں سے نہیں ہوں جو اس کے قائل ہوتے ہیں کہ ؎

یہ اہتمام نہیں کفرِ بادہ نوشی ہے
شراب ہو تو ضرورت نہیں ہے ساغر کی

میں پان کے سلسلے میں اہتمام کا نہایت شدت سے قائل ہوں اور کسی ایسے شخص کو پان کھانے کا مستحق نہیں سمجھتا جو اس ذوق میں ذرا بھی بد ذوقی سے کام لے اور نفاست سے درگذر سے۔ اس قسم کے لوگ نہایت شوق سے چاٹ کھا سکتے ہیں کچالو کھا سکتے ہیں مدراسی طریقہ سے دال بھات کھا سکتے ہیں ان کے کھانے کے لئے بے شمار مرغوبے

موجود ہیں اگر صرف پان کہہ بخشدیں تو یہ ایک احسان عظیم ہوگا پان کھانے
کا حق تو صرف ان ہی کو پہنچتا ہے جو پان کھانے میں وہی نفاست برت
سکیں جو عبادات کے لئے مخصوص ہے۔ میں آپ سے عرض کردوں کہ میں
بازار کے کسی پنواڑی سے پان خرید کر کھانا اور ہر ٹک نل سے چلو میں
پانی پینا ایک ہی بات سمجھتا ہوں اور اگر شدت تشنگی کے باوجود بیابان دشت
نہیں کہ سکتا کہ سڑک کا نل کھول کر اس سے چلو لگا دوں اور پیاس بجھاؤں
تو یہ بھی بہ وا شرٹ نہیں کر سکتا کہ انتہائی طلب کے باوجود کسی پنواڑی سے
پان خرید کر کھاؤں۔ پنواڑی کی دوکان میرے نزدیک پان کی عصمت فروشی
کا اڈہ ہوتی ہے اور میں انتہائی کوشش کے باوجود ان شاہدان بازاری
کی طرف اپنے کو مائل نہیں کر سکتا اس کی وجہ صرف یہ ہے کہ پنواڑی
کی دوکان میں لوگ تو سب کچھ ہوتا ہے پان بھی اور چھالیہ بھی کتھا بھی اور چونا
بھی۔ الائچی بھی اور تمباکو بھی بس ایک وہی ایک چیز نہیں ہوتی جس کا نام ہے
نفاست۔ وہ اپنے لتھڑے ہوئے ہاتھوں سے کتھے کی کلہیا کی چمچی چھوٹنے
کی کلہیا میں اور چونے کی کلہیا کی چمچی کتھے کی کلہیا میں ڈال کہ پان پر جیس
بے رحمی اور بے دردی سے لیپا پوتی شروع کرتا ہے اس وقت وہ
تنبولی سے زیادہ قصائی نظر آتا ہے اور معلوم ہوتا ہے کہ وہ پان بنا نہیں
رہا ہے بلکہ پان بگاڑ رہا ہے اور وہ پان پکار پکار کہہ رہا ہے کہ ؎

مری تعمیر میں مضمر ہے اک صورت خرابی کی

ممکن ہے آپ اس کو میری شدّت پسندی کہیں مگر میرے بھائی پان تو اس سے بھی زیادہ شدّت پسندی چاہتا ہے۔ جس کے مزاج میں احتیاط اور نفاست نہ ہو وہ یہ شوق ہی کیوں کرے ع

جس کو ہو دین و دل عزیز اسکی گلی میں جائے کیوں

آپ بجا طور پر کہہ سکتے ہیں کہ یہ بھی کوئی زبردستی ہے کہ پان کھاؤ تو اس طرح کھاؤ جس طرح سچّی قسم کھائی جاتی ہے ورنہ پان کھانا ہی چھوڑ دو گویا پان کے ساتھ گستاخی کرنے کے لئے بھی کسی لائسنس کی ضرورت ہے۔ مگر آپ کو نہیں معلوم کہ میں پان کھانے کے آداب میں نفاست کو اپنے عقیدے کا درجہ دیتا ہوں اور اس عقیدے کی توہین کو مذہبی قسم کی دل آزاری سمجھتا ہوں بہر حال یہ زبردستی نہیں بلکہ ایک التجا ہے۔ آپ کی عدالت میں اپیل کر رہا ہوں۔ آپ اس کو رحم کی درخواست سمجھیں اور پان کی جانِ ناتواں پر رحم فرمائیں۔ ورنہ یاد رکھیئے کہ صرف آپ کا پان کھانا مذاقِ سلیم رکھنے والوں پر پان کو حرام کر دیگا۔ پان کے سلسلے میں ایسی بوالہوسی اختیار نہ کیجئے کہ آبروئے شیوۂ اہلِ نظر بھاگتی نظر آئے۔

شوکت تھانوی

# ارشد تھانوی کے نام

گڑھی شاہو - لاہور

اخی مکرم

اپنی کتاب زندگی کے ابتدائی صفحات پر نظر ڈالی تو ایک عجیب منظر تصور میں ڈھلتا ہوا سامنے آگیا۔ والد محترم مرحوم و مغفور کے جب دانت نہ رہے تو ان کے بستر کی بغلی میز پر ایک نہایت خوبصورت سی پن کٹی نظر آنے لگی جس میں گلوری ڈال کر وہ کوٹا کرتے تھے پھر وہ کٹا ہوا پان چائے کے ایک چمچے سے نکال کر اپنے مصنوعی دانتوں سے چبایا کرتے تھے۔ اہتمام یہ ہوتا تھا کہ ان کے لئے خاصدان بھر کر گلوریاں رات کو بنا دی جاتی تھیں اور نفاست کی تمام صفائی میں ان کو لپیٹ کر رکھ دیا جاتا

تھا۔ رات گذرنے کے بعد وہ گلوریاں اس قابل ہو تی تھیں کہ ان کو پن کٹی میں کوٹ کر وہ نوش فرما سکیں اس لئے کہ چھالیہ نرم ہو کر ملائم ہو جاتی تھی۔ وہ اپنی ان باسی گلوریوں کو بڑی احتیاط کے ساتھ رکھتے تھے اور کسی کو کھانے نہ دیتے تھے آنے جانے والوں کے لئے تازہ گلوریاں بن کر آتی تھیں اور ملازمہ گلشن کا یہ کام تھا کہ ایک گلوری جب کوٹی جا چکے تو وہ پن کٹی کو پھر مانجھ کر میز پر رکھ دے۔ چمچے کو پھر صاف کر کے پن کٹی کے قریب جگہ دے۔ پن کٹی اور وہ چمچہ تو در کنار ان کو تو اس اگالدان میں پیک تھوکنے میں بھی تامل ہوتا تھا جو صاف نہ ہو۔ ایک طرف یہ احتیاط اور یہ نفاست دوسری طرف یہ قیامت کہ مجھ اناڑی نے ایک دن پان کھا کر جیسے ہی ایک پچکاری رسید کی ہے وہ سامنے تشریف لے آئے۔ ناظم علی طلب کئے گئے گلشن کو آواز دی گئی پانی کے لوٹے منگائے گئے جھاڑو آئی اور پان کی وہ پیک خود اپنی نگرانی میں اسی وقت صاف کرانے کے بعد مجھے اپنے ساتھ لے جا کر بڑے التجائی لب ولہجہ سے فرمایا کہ للّٰلہ آپ پان نہ کھایا کیجیے۔ یہ میں اس لئے نہیں کہتا کہ طالب علموں کو پان نہ کھانا چاہیئے۔ یا پان کھانے سے زبان موٹی ہو جاتی ہے یا یہ ایک غیر ضروری لت ہے بلکہ صرف اس لئے پان کی جان بخشی چاہتا ہوں کہ پان کھانے کے بھی کچھ آداب ہیں اور اس طلب کے بھی کچھ تقاضے ہیں اگر آپ ان آداب اور

ان تقاضوں کو سمجھنے سے قاصر ہیں تو میں یہ سمجھنے سے قاصر ہوں کہ آپ پان آخر کیوں کھائیں؟ نتیجہ یہ ہوا کہ پھر چوری چھپے یہ شغل جاری رہا مگر والد مرحوم کے انتقال کے بعد دل نے کہا ؎

زندگی میں تو وہ محفل سے اُٹھا دیتے تھے
دیکھوں اب مر گئے پر کون اُٹھاتا ہے مجھے

اس شعر کے دوسرے مصرعے کی ضمیر کے اُلٹ پھیر سے میں نے عجیب کام لیا ہے۔ خود زندہ ہوں مگر دوسرے مصرعے کو اپنے حسبِ حال بنا لیا ہے۔ پہلے مصرعے کی زندگی کو بھی اپنی نہیں بلکہ ان کی زندگی بنا دیا ہے۔ اس کرتب دکھانے سے مطلب صرف یہ ہے کہ اب کھلم کھلا پان کھانا شروع کر دیا۔ بھرے ہوئے خاصدان سامنے رہنے لگے مگر یہ غالباً اسی تعلیم کا اثر تھا جو صحن میں پان کی پچکاری رسید کرنے کے موقع پر دی گئی تھی کہ خود بخود نفاست برتنے کا رآنے لگی۔ پان کھانے کے آداب کی سختی سے پابندی ہونے لگی۔ پان کھلانے۔ پان کھلانے اور پان بنانے میں کیا مجال کہ نفاست کا معیار کبھی پست ہوا ہو ؎

ہوئی اس دور میں منسوب مجھ سے بادہ آشامی
پھر آیا وہ زمانہ جو جہاں میں جامِ جم نکلے

یہ اُسی زمانے کا ذکر ہے کہ بھوپال میں ایک دن آپ کے ساتھ کچہری

جانے کا اتفاق ہوا جہاں ہائیکورٹ میں بحیثیت وکیل کے آپ کو بحث کرنا تھی وہاں آپ کے مؤکل نے آپ کو دیکھتے ہی اپنی ہتھیلی پہ بھوپالی گٹکا انڈیلا، تمباکو کے زرد زرد پتے اُس پر چھڑکے پھر آئینہ لگی ہوئی ایک ڈبیا سے چُونا انگلی سے نکال کر اس گٹکے پر ٹپکایا اور اپنے دوسرے ہاتھ سے اس گٹکے کو اس طرح مسلا جیسے کوئی کفِ افسوس مل رہا ہو۔ نتیجہ یہ کہ گٹکے کے خشک کتھے میں یہ تر چُونا بالکل رل گیا تو اس مؤکل نے یہ شاہکاری کا نمونہ آپ کی خدمت میں پیش کیا اور آپ نے اُس میں سے وہ نامعقول گٹکا لے کر ایک پھنکا ایسا مارا ہے کہ میں ایک جھرجھری لے کر رہ گیا اور وہ پان بھی جو تھوک دینا پڑا جو میرے منہ میں تھا۔ اس کے بعد آپ بحث کرتے رہے اور میں اسی واقعہ پہ غور کرتا رہا کہ آپ کے مؤکل کے ہاتھ کس قدر صاف تھے اور صاف ہاتھوں سے بھی ان رگڑوں کے بعد کتنا میل نکل سکتا ہے۔ اس کے بعد میں نے آپ کو خود اسی طرح اپنے ہی ہاتھوں سے گٹکے میں چُونا مُسلتے ہوئے کئی مرتبہ دیکھا اور کچہری میں یہ بھی دیکھا کہ آپ اُسی گندہ ہاتھوں والے مؤکل کو بادہ طلب انداز سے دیکھتے رہتے تھے ؎

اک نوبہارِ ناز کو تاکے ہے پھر نگاہ
چہرہ فروغِ مے سے گلستاں کیے ہوئے

ہر چند کہ بھوپال کے گٹکے میں بھی ایک بات تھی اور اگرچہ بحسب الطرفین

پان وہاں نصیب نہ ہو تو اس گنگے سے ایک حد تک یہ غم غلط کیا جا سکتا تھا مگر جب میں نے اس کو بنانے کی یہ ترکیب دیکھی تو اس کو بھی دور ہی سے سات سلام کئے اور جب کبھی کسی محفل میں یہ گندگا سامنے آیا دل نے یہی کہا کہ ؎

مجھ تک کب ان کی بزم میں آتا تھا دورِ جام
ساقی نے کچھ ملا نہ دیا ہو شراب میں

آپ کے پاس اب بھی بٹوہ رہتا ہے۔ بڑے ہیں گندگا ہوتا ہے چھوٹی بھی ہوتی ہے۔ تو کیا آپ اب تک ذوقِ سلیم کا کلیجہ اسی طرح مسلتے رہتے ہیں۔ اور کیا اب تک آپ نے اس شغل کو ترک کرنے کے متعلق کبھی سنجیدگی سے غور نہیں کیا آپ کی زندگی کے دوسرے شعبوں میں نفاست اور احتیاط کی کمی نہیں ہے۔ تو حیرت ہے کہ پان تمباکو سے آپ کو آخر کیا شکایت ہے جو یہ مستقل انتقام آپ لے رہے ہیں۔ اگر وہ شکایت معلوم ہو جائے تو میں پان کی طرف سے اظہارِ معذرت کے لئے حاضر ہوں۔

شوکت تھانوی

# محمود نظامی کے نام

گڑھی شاہو۔ لاہور

صدیقی!

مجھ پر الزام یہ ہے کہ میں نے آپ کو تمباکو کا
عادی کر دیا ہے مگر شاید خود آپ سے زیادہ اور کوئی نہ جانتا ہو گا کہ ؎
عشق کی تقویم میں عصر رواں کے سوا
اور زمانے بھی ہیں جن کا نہیں کوئی نام
اور آپ ان ہی بے نام زمانوں سے تمباکو نوشی کرتے آئے ہیں اور آپ
کہہ سکتے ہیں کہ ؎
"تازہ نہیں ہے نشۂ فکرِ سخن مجھے
تریاکیٔ قدیم ہوں دودِ چراغ کا

میں نے یہ جرم ضرور کیا ہے کہ آپ کی تمباکو نوشی میں ایک سلیقہ، ایک نظم اور ایک معیار قائم کیا ہے۔ پہلے آپ اس کے قائل تھے کہ ؎

اچھی پی لی خراب پی لی
جیسی پائی شراب پی لی

مگر اب آپ اس کے قائل ہیں کہ "جیسی پائی" کی شرط نہیں بلکہ پئیں گے تو اچھی ہی پئیں گے۔ حد یہ ہے کہ آپ کی تمباکو نوشی خلوص کے اس مقام پر نظر آتی ہے جہاں پان کے بارے بھی آپ متحمل نہیں۔ دراصل یہ تحمل رخصت ہوا تھا اس دن جب ہماری قسمت میں وہ نام نہاد پان رہ گیا تھا جو اور خواہ کچھ بھی ہو مگر پان تو وہ ہرگز نہیں ہے اور نہ خدا کرے کہ پان ہو۔ ایسی دبیز اور کثیف چیز پان تو ہو ہی نہیں سکتی۔ اس کو برگ شجر پٹ سن کہیے یا اس پودے کے پتے جس میں لوہے کے چنے پیدا ہوتے ہیں۔ بہرحال پان کا اس سے کوئی تعلق نہیں۔ یوں کھانے کو کیلے کے پتے پر کتھا چونا لگا کر جس کا جی چاہے کھالے نہ چالان ہوگا نہ یہ کوئی قابل دست اندازی پولیس جرم ہے۔ بہرحال شکر ہے کہ آپ نے پان کا دھوکہ کھانے کو پان کھانا نہ سمجھا اور چھالیہ، الائچی، خالص تمباکو، خشک کتھا اور شفاف چونا کھا کر اپنے ذوق کی تسکین کا سامان بہم پہنچایا مگر ان اجزائے ترکیبی میں بھی توازن کے شدت سے پابند رہے اور نفاست سے کبھی خالی الذہن

نہ رہے۔ میں نے آپ کو اس جرعہ نوشی کا مستحق اُسی دن سمجھ لیا تھا جب آپ اس مرکب کی ایک خوراک کھانے کے بعد اِدھر اُدھر دیکھ کر اور ہر طرف سے مایوس ہو کر غسلخانے کی طرف دوڑے تھے اور پہلی پیک وہاں تھوکی تھی۔ وہ بھی اُس طشت میں جو نل کی ایک ہی دھار سے صاف ہو جائے۔

صاحب ہمارے ملک میں تھوکنا ایک بہت بڑا مسئلہ ہے اگر اس کو ملک گیر مسئلہ کہا جائے تو غلط نہ ہوگا جی چاہتا ہے کہ اس قسم کے تمام اشعار میں کچھ ایسی تحریفیں کر دی جائیں کہ ؂

" تھوک دیتا ہوں جہاں چھاؤں گھنی ہوتی ہے

ہائے کیا چیز غریب الوطنی ہوتی ہے

اس مسئلہ کی ہمہ گیری کا اسی سے اندازہ کر لیجئے کہ دہلی کے ڈاک خانے سے لیکر پلیٹ فارموں تک پر اور سینما گھروں سے لے کر چوپال یا گھر تک ہر جگہ یہ تختیاں نظر آئیں گی کہ "مت تھوکو" حالانکہ اور بھی امتناعی تختیاں لگ سکتی ہیں مثلاً "چوری نہ کرو" یا "مت لڑو" یا "جیب نہ کاٹو" یا "شادی نہ کرو" یا "دوستوں سے ڈرو" وغیرہ مگر سب سے زیادہ زور اسی نہ تھوکنے پر اس لئے دیا گیا ہے کہ خدا جانے ہم پر یہ کیا مار ہے کہ ہم علاوہ اگالدان کے اور ہر جگہ تھوکتے پھرتے ہیں اور اکثر تو ان تختیوں کے نیچے ہی اپنا یہ شوق اس طرح پورا کر لیتے ہیں کہ گویا یہ تختیاں ہمارے ایک پیدائشی حق

کو غصب کر رہی ہیں۔ آزادی ملنے کے بعد جب یہ اندازہ ہوا کہ واقعی ایک آزاد قوم کو اس طرح اس کے کسی حق سے باز رکھنے کی کوشش حق بجانب نہیں ہے تو اب دوسری ہی صورت اختیار کی گئی ہے کہ بعض عمارتوں میں ریت اور برادے سے بھرے ہوئے بکس جا بجا لگے ہوئے ہیں اور ان پر لکھا ہے "یہاں تھوکو" چنانچہ بعض امن پسند بلا ضرورت بھی ان بکسوں میں چندہ ڈالتے رہتے ہیں اور بعض بال کی کھال نکالنے والے اب بھی اس سلسلے میں یہ سوچتے ہیں کہ "مت تھوکو" اگر ایک قسم کا حکم امتناعی تھا تو "یہاں تھوکو" ایک قسم کی زبردستی ہے اور کسی کو اس کا کوئی حق نہیں کہ ہم کو ہماری کسی ذاتی ضرورت کے لئے مجبور کرے۔ اگر ہم نے "یہاں تھوکو" کی پابندی سر جھکا کر کر لی تو اس قسم کی تختیاں بھی نظر آنے لگیں گی کہ "یہاں ناچو" یا "یہاں قلابازی کھاؤ" یا "یہاں مار کھاؤ"۔ عہد حاضر کے ایک بہت بڑے محقق کی دریافت یہ ہے کہ "یہاں تھوکو" نہ کوئی حکم ہے نہ کوئی زبردستی بلکہ اس کا مطلب یہ ہے کہ یہاں تھوکنا آپ کا قومی۔ اخلاقی معاشرتی اور تمدنی فرض ہے اور اس کا ایک پہلو یہ بھی ہو سکتا ہے کہ ع

ہے تھوکنے کی چیز یہاں بار بار تھوک

اور ان صاحب نے غالباً رفع شر کے لئے ایک مطلب یہ بھی نکالا ہے کہ "یہاں تھوکو" کا مطلب یہ ہے کہ چونکہ بغیر تھوکے تم رہ ہی نہیں سکتے لہذا بہتر ہے کہ تم کو

تھوکنے کی ایک جگہ بتا دی جائے تاکہ تم کسی میز پر یا قلمدان میں یا ٹیلیفون میں یا لیٹر بکس وغیرہ میں نہ تھوک دو۔

کیوں صاحب دُنیا کے کسی مُلک میں بھی اپنے باشندوں کے ساتھ یہ تحقیر آمیز مذاق ہوا ہوگا کہ ان کو تھوکنے تک کی جگہ بتائی جائے مگر اس مذاق کی ضرورت اس لئے پیش آئی ہوگی کہ آج بھی یہ ریت اور بُرادے کے بکس صاف شفاف ٹنگے رہتے ہیں اور در و دیوار پر پیک کی گلکاریاں اور تھوک کی نقّاشیاں نظر آتی ہیں آپ ہی بتائیے کہ ایسے مُلک میں پان کا کیا مستقبل ہو سکتا ہے اور پان کو یہ بدنام کرنے والے اس ذوق کے کیونکر مستحق سمجھے جا سکتے ہیں۔ آپ کو دوڑنا پڑتا ہے غسلخانے کی طرف لہٰذا آپ اس کے مستحق نہیں بستحق تو وہ سمجھے جاتے ہیں جن کا قول یہ ہے کہ ؎

نقصاں نہیں جنوں میں بلا سے ہو گھر خراب

شوکت تھانوی

# مجید لاہوری کے نام

گڑھی شاہو۔ لاہور

صدیقِ مکرّم

لائل پور سے واپسی کے بعد سے کئی مرتبہ ارادہ کر چکا ہوں کہ آپ کو مخاطب کروں مگر اب تک روئے سخن آپ کی طرف نہ ہو سکا اور رو سیاہی مول لیتا رہا۔ نہ آپ کی صحت سے مرعوب ہو سکا نہ اپنی ناتوانی پر غور کرنے کا خیال آیا۔ شکر ہے کہ آج رمضان شریف نے مجھ کو بھی اس شرافت پر آمادہ کیا ہے اور سحری جگانے والوں نے اس وقت بیدار کر دیا ہے جب گھر کے تمام ہنگامے سوئے ہوئے ہیں۔ موقع غنیمت ہے آئیے آپ سے دو باتیں ہو جائیں مگر ٹھہرئیے میں ایک تازہ گلوری کھاؤں

آپ بھی اپنی مٹھی میں دبی ہوئی پڑیا کھول کر اپنی قسمت کا لکھا پان کھالیجئے جو میری اصطلاح میں پان سے زیادہ چورن ہوتا ہے ورنہ پڑیا میں کیوں بندھتا بہر حال پان کھانے کے بعد کیا چبا چبا کر باتیں ہوں گی میر صاحب اسی موقع کے لئے کہہ گئے ہیں ؎

آیا جو اپنے گھر سے وہ شوخ پان کھاکر
کی بات اُن نے کوئی سو کیا چبا چبا کر

آپ نے کسی ایسے شریر بچے کو کبھی دیکھا ہے جس کی کسی شرارت پر کان پکڑ لیجئے تو وہ بسورتا ہوا تھوڑی دور تک چلا جاتا ہے اور اس کے بعد کان کھینچنے والے کو منہ چڑھا کر بھاگتا ہے اور دل میں خوش ہوتا ہے کہ تھوڑا بہت انتقام تو لے ہی لیا۔ اب میں آپ سے پوچھتا ہوں کہ کیا ہماری اور آپ کی یہ تمام شگفتہ نگاری جو مزاح لطیف اور طنز و تفنن وغیرہ کہلاتی ہے ستم ہائے روزگار سے دور بھاگ کر منہ چڑانے کے علاوہ کچھ اور بھی ہوسکتی ہے۔ زندگی کے تلخ حقایق سے ہمارا یہ فرار ہم کو خواہ مزاح نگار کہلوائے یا طنز شعار مگر واقعہ تو یہی ہے کہ ؎

وے ہم ہیں جن کو کہیئے آزار دیدہ مردم
آلفت گزیدہ مردم کلفت کشیدہ مردم

ہمارا ہی دل جانتا ہے کہ ہم اپنے کتنے آنسوؤں کا گلا گھونٹ کر اپنے

لبوں پر وہ ایک تبسم پیدا کرتے ہیں جو دوسروں کے لئے ہنسنے کی تحریک کا
کام دیتا ہے۔ ہم اپنے آنسو پی کر دنیا کو ہنساتے ہیں۔ ہم اپنی افسردہ دلی
سے انجمن کو افسردہ نہیں کرتے بلکہ اپنے اشکوں سے دنیا کے لئے مسرّت
نچوڑتے ہیں۔ اپنے کو چکنا گھڑا ثابت کرتے ہیں۔ آلام پروف ثابت
کرتے ہیں۔ خود مضحک قسم کے سوانگ رچا کر اپنے اوپر دنیا کو ہنساتے ہیں
اور کسی سے یہ مطالبہ بھی نہیں کرتے کہ ؎

اب تو ہماری طرف سے اتنا دل کو پتھّر مت کر لو
سختی سے ایّام کی اب تک جلتے رہے ہیں ہر دم

مختصر یہ کہ یہ جھوٹ جو ہم مزاح کے نام سے بولتے ہیں ان حالات میں
جو ہم پر گذر رہے ہیں آخر کہاں تک سرسبز رہے گا کیا بقول مولانا اسمٰعیل
میرٹھی یہ کاغذ کی ناؤ ہمیشہ چلتی رہے گی۔ ہنسنے ہنسانے کی اس اداکاری
کی رسّی آخر کہاں تک دراز ہو گی۔ آپ تو خیر ماشاء اللہ ورزشی قسم کے
مزاح نگار ہیں مگر مجھ کو اپنی جانِ ناتواں کی طرف سے شدید اندیشہ ہے
اور اس باب میں بارہا اپنا اور آپ کا تقابل کر چکا ہوں ؎

اے عشق کیا جو مجھ سا ہوا ناتواں ہلاک
کرتا نہ ٹک ملا کے کوئی پہلوان ہلاک

ان حالات کا مقابلہ کرنے اور ان حالات کی ہنسی اُڑانے کے لئے ہاتھی

کا کلیجہ اور شیر کا دل چاہیئے جو سچی بات یہ ہے کہ اپنے پاس تو ہے نہیں البتہ ایک آپ ایسے ہیں کہ خود ہاتھی کے پاس آپ کا کلیجہ ہو تو کوئی تعجب نہیں۔ معاف کیجئے گا میں شروع شروع میں آپ کے متعلق غور کیا کرتا تھا کہ اس قسم کا "ابوالہول" انسان مزاح نگار یا کسی قسم کا آرٹسٹ کیسے ہو سکتا ہے وہ عناصر جن سے ایک پوری عمارت بن سکتی تھی آپ کی تخلیق پر صرف کر دیئے گئے تو اس کا مطلب یہ کہاں سے ہو گیا کہ آپ بجائے رستم زماں ہونے کے شاعر اور انشا پرداز بننے کی زبردستی بھی کر سکتے ہیں مگر رفتہ رفتہ یہ نکتہ بھی سمجھ میں آ گیا کہ اور کچھ نہ سہی مگر مزاح نگاری کرنے کے لئے تو کم سے کم اتنا ہی ڈبل ڈول ہونا چاہیئے کہ زمانے کی تلخیوں کے احساس کو اتنے بڑے جسم سے گذر کر دل تک پہنچنے کے لئے بھی ایک مدت درکار ہو م

آہ کو چاہیئے اک عمر اثر ہونے تک

پھر یہ کہ اس احساس سے اگر آپ نے واقعی گھلنا بھی شروع کیا تو آخر کہاں تک گھلیں گے۔ وہی مثل کہ "ہاتھی لاکھ لٹے پھر بھی سوا لاکھ کا" زمانے کی تلخیاں اس پہاڑ سے ٹکرا کر اپنا ہی سر پھوڑ سکتی ہیں پہاڑ کے زیاں کا تو کوئی سوال ہی نہیں۔ کاش مزاح نگاری شروع کرنے سے پہلے ہم نے بھی دور اندیشی سے کام لیا ہوتا اپنی صحت اور غذا کا اتنا ہی خیال رکھا ہوتا جتنا آپ نے رکھا ہے کہ یہ عمر ہونے کو آئی مگر "گلیکسو" کا استعمال جاری ہے۔ مدعا یہ کہ آپ تو بے شک

زور آزمائی کرتے رہیں گے اور جب اللہ نے زور دیا ہے تو کیوں نہ زور آزمائی کریں اور اگر کبھی غمِ زمانہ دل تک پہنچ بھی گیا تو آپ زیادہ سے زیادہ یہی کہیں گے کہ ؎

کثرتِ غم سے دم لگا رُکنے ۔۔۔ حضرتِ دل میں آج دنگل ہے

مگر یہاں تو اپنی فکر ہے کہ یہ ڈھونگ کب تک رچائیں گے دُنیا کو کہاں تک ہنسائیں گے جبکہ روز بروز یہ حال ہوتا جاتا ہے کہ ؎

آگے آتی تھی حال دل پہ ہنسی ۔۔۔ اب کسی بات پر نہیں آتی

کچھ دن تک تو ہمارے رونے پر بھی دُنیا ہنسے گی۔ اس گریہ وزاری کو بھی مزاحیہ اداکاری سمجھا جائے گا مگر آخر کب تک؟ اس تبسم سے زندگی کی تلخیاں کب تک نہ جھانکیں گی۔ آپ تو خیر غم پہ پہاڑ بن کر ٹوٹ گر سکتے ہیں مگر ہم اپنے ہنستے ہوئے نحیف و زار پیکر پر غم کے پہاڑ کب تک سنبھالے رہیں گے۔ اگر کوئی مشورہ ذہن میں آجائے تو دیدیجئے گا فی الحال تو پڑیا کھول کر چورن کھائیے جس کو آپ پان کہتے ہیں میں بھی اپنا منہ کا پان اگالدان کے سپرد کرکے پاندان کی طرف ہاتھ بڑھا رہا ہوں۔

شوکت تھانوی

# پنڈت جواہر لال نہرو کے نام

گڑھی شاہو۔ لاہور

مکرمی!

انسان اپنی ایک زندگی کے اندر کتنی ہی مختلف زندگیاں بسر کرتا ہے۔ مثلاً آپ اپنی ہی زندگی کو دیکھ لیجئے۔ ایک آپ کی ذاتی اور نجی زندگی ہے دوسری آپ کی وزارتِ عظمیٰ کی زندگی ہے۔ اپنی ذاتی اور گھریلو زندگی میں آپ اُردو کے دلدادہ ہیں خواہ آپ سوتے ہوئے انگریزی زبان میں بڑبڑاتے ہوں مگر عالم بیداری میں اُردو ہی کو اپنی زبان سمجھتے اور سمجھاتے رہتے ہیں مگر جہاں وزیرِ اعظم کی حیثیت سے بولے یہی زبان سماعت پر ایسے پتھر برساتا

شروع کر دیتی ہے کہ پھول برسانے والے کی طرف سے یہ پتھراؤ حیران کر دیتا ہے۔ اس میں شک نہیں کہ آپ کی بیساختگی کو جب اضطراراً ہندی بولنا پڑتی ہے تو آپ کا ایسا جادو بیان مقرر بھی ہکلانے لگتا ہے۔ زبان لڑکھڑاتی ہے۔ دماغ اُردو میں سوچتا ہے اور زبان اس کو ہندی میں پیش کرتی ہے اٹک اٹک کر ایک عجیب تکلّف بلکہ تکلیف کے ساتھ اور بعض اوقات خود اپنے ساتھ اس زبردستی سے آپ خود بھی عاجز آ کر اُردو کی حمایت کر جاتے ہیں وزیرِ اعظم کی حیثیت سے بھی اُردو کے خونِ ناحق کی فریاد آپ کی زبان پر آجاتی ہے مگر ایک عجیب بیکسی اور بے بسی کے ساتھ۔ وزیرِ اعظم اور بے بسی۔ پردھان منتری اور اس قدر مجبور۔ ع

مجبور اس قدر ہوں کہ با اختیار ہوں

مجھے معلوم ہے کہ اُردو کے لئے واقعی آپ کا دل کڑھتا ہے۔ مجھے یہ بھی اندازہ ہے کہ آپ دل سے اُردو ہی کو ہندوستان کی قومی زبان سمجھتے ہیں مگر سیاسی مصلحت یہی ہے کہ اُردو کو علاقائی زبان تسلیم کرانے میں بھی اپنے اثر اور اقتدار سے کام نہیں لے سکتے اس لئے کہ یہ سودا آپ کی ہر دلعزیزی کے لئے بہت مہنگا ثابت ہو سکتا ہے۔ نتیجہ یہ ہے کہ اُردو سے عشق کے باوجود اُردو سے بے وفائی پر آپ مجبور ہیں ؎

ہم اپنی آنکھوں کب تک رنگِ عشق دیکھیں آنے لگا ہے لہو رخسار پہ توبہ کر

آپ اپنی تقریروں میں اُردو کی حمایت کرجاتے ہیں۔ اُردو کی تائید میں بیانات بھی دے دیتے ہیں مگر لاکھوں دستخطوں کے ساتھ اُردو کو علاقائی زبان تسلیم کرانے کا جو مطالبہ راشٹرپتی بھون کی طاقِ نسیان پر نہ جانے کب سے پڑا ہے اُس کو نہ اپنی کابینہ میں زیر بحث لاسکتے ہیں نہ بابو راجندر پرشاد کو اس کی طرف متوجہ کرسکتے۔

آپ کے ان تائیدی بیانوں سے سوکھے دھانوں پانی پڑ جاتا ہے۔ دل کو بڑی تقویت حاصل ہوتی ہے کہ پنڈت نہرو ایسی عظیم شخصیت اُردو کی حمایت کر رہی ہے مگر اس قسم کے بے شمار بیانات کے بعد بھی اردو کو علاقائی زبان بنانے والا وہ لاکھوں دستخطوں کے ساتھ جو مطالبہ کیا گیا ہے بدستور کھٹائی میں پڑا ہوا ہے

شاید آپ سے زیادہ اس حقیقت سے کوئی باخبر نہ ہوگا کہ بھارت میں اُردو کو مٹانے کی جتنی کوششیں ہو رہی ہیں اُردو اسی شد و مد سے اُبھر رہی ہے اُردو کو جتنا جتنا پامال کیا جا رہا ہے اُردو اسی قدر پیر جماتی جا رہی ہے

اُردو کو ہندوستان کی زبان تسلیم نہیں کیا جاتا مگر سر چڑھ کر جو جادو بول رہا ہے وہ
اُردو ہی کا ہے اور ایک عالم یہ ہے کہ ؎

تکلم بنی ہے مری بے زبانی

کچھ دن ہوئے مشرقی پنجاب میں ہندی اور پنجابی کی جو کشمکش شروع ہوئی تھی
اُس کے متعلق آپ نے خوب کہا تھا کہ جھگڑا ہے ہندی اور پنجابی کا اور لڑائی
لڑی جا رہی ہے اُردو زبان میں۔ ان تمام باتوں کو جانتے ہوئے۔ اُردو
کے لیے اپنے دل میں ایک جگہ رکھتے ہوئے اور اُردو ہی کو اپنے ضمیر کی زبان
سمجھتے بھی آپ کی یہ مصلحت جس میں آپ مبتلا ہیں سیاست ہو تو ہو
سمجھ میں نہیں آتا کہ یہ کیفیت آپ اپنے اُوپر کب تک طاری
رکھیں گے کہ ؎

اقرار نہیں لیکن اقرار کی صورت ہے
انکار کی صورت ہے انکار نہیں کرتے

شوکت تھانوی

# صوفی غلام مصطفےٰ تبسم کے نام

گڑھی شاہو - لاہور

صدیق مکرم

اتفاق دیکھئے کہ میرے پاس چار پانچ تمباکو آ گئے۔
زعفرانی پتی دلی کے ایک دوست لے آئے اور اس کو میرے گھر آنے کا پاسپورٹ سمجھا۔ مشکی دانہ ایک اور عزیز کو لانے کی توفیق خدا نے دے دی۔ مراد آباد کا تمباکو آپ جانتے ہیں کس قدر قاتل ہوتا ہے۔ ہر چند کہ نہ اُس میں خوشبو کا تکلف ہوتا ہے نہ حسن و جمال میں زعفرانی پتی یا مشکی دانہ کا حریف مگر اس کی سادگی میں بلا کی پرکاری ہوتی ہے اور تمباکو کا جو خلوص اس میں ہوتا ہے وہ کسی اور تمباکو میں ممکن نہیں مگر مصیبت یہ ہے کہ اس کے استعمال

میں ذرا اعتدال سے آگے بڑھے اور شامت آئی مگر اہلِ ظرف جانتے ہیں کہ وہ اس تُند خو کے کس حد تک متحمل ہو سکتے ہیں۔ بہر حال یہ تمباکو بھی آگیا ہے اور ایک دوست نے آگرے میں ایک عجیب و غریب تمباکو دریافت کیا ہے جس کو میں اس مراد آبادی تمباکو اور زعفرانی پتّی کے مابین سمجھوتے کا درجہ دیتا ہوں۔ بہر حال یہ تمام تمباکو اس وقت میرے سامنے ہیں اور میں لذتیہ کی عشرت اندوزیوں کا جشن اس طرح منا رہا ہوں کہ ان سب کو علیحدہ علیحدہ چکھ چکنے کے بعد اب ان کا کاک ٹیل بنا رہا ہوں۔ میں آپ سے عرض نہیں کر سکتا کہ زعفرانی پتّی مشکی دانے میں مل کر کس قدر ہوش ربا ہو جاتی ہے اور اگر اس کی تیزی بڑھانے کے لئے ایک چٹکی مراد آبادی فتنۂ عالم کی ڈال دی جائے تو اس مرکّب کی تاب صرف بادہ گسارانِ کہن مشق ہی لا سکتے ہیں۔ یہ مرکّب میں ہر ایک کو تو نہیں دے سکتا ع

دیتے ہیں بادہ ظرفِ قدح خوار دیکھ کر

کاش آپ ہوتے اور میں اس کاک ٹیل کا سرور آپ کی آنکھوں میں دیکھ کر آپ سے داد حاصل کرتا۔ مگر اس مرکّب کے لئے ضرورت ہے اسی پسنتی پان کی جس پر یہ مرکّب وہی لطف دیتا جو گوری گوری ہتھیلی پر رطلِ گراں دے سکتا ہے

ع بادۂ ناب عجب چیز ہے ساقی لیکن
اور ہی کچھ ترے ہاتھوں سے مزا دیتا ہے

خیر وہ پان تو یہاں کہاں؟ البتہ بڑی جستجو کے بعد ایک گوارا قسم کا پان مل گیا ہے نفاست اور لطافت میں تو خیر اس کا بھی کوئی تعلق اس لطیف اور نازک پان سے نہیں ہے مگر ذائقہ ایسا ضرور ہے کہ اسے کھانے کے بعد تسکین نہ سہی مگر غصہ بھی نہیں آتا بہرحال اب تو اسی سے غم غلط کریں گے ۔یہ مرکب اسی پان کے ساتھ کھائیں گے ع۔

اسی برگِ خزاں دیدہ پہ اک تصویر دیکھیں گے

کاش آج اس کے بجائے اصل پان مل جاتا۔ اور اُس دودھیا گلوری میں یہی معطر مرکب خود بھی کھاتے اور کسی اور کو بھی کھلا کر آنکھوں میں سُرخ ڈورے دیکھتے اور لبوں پر شفق پھُولی ہوئی نظر آتی تو جراتِ رندانہ سے کام لیکر یہ بھی کہہ سکتے کہ ؎

صدقے ترے ہونٹوں کے رنگینی و رعنائی

اک موجِ تبسم میں کل رازِ گلستاں ہے

اس پان کی یاد نے آج کئی مرتبہ میرے ساتھ یہ سلوک کیا کہ جو پان میسّر ہے اُس کی گلوری کتنی مرتبہ اُٹھائی اور اٹھا کر پھر خاصدان میں رکھدی ؎

کھینچکر اک آہ کس نے رکھدیا جامِ شراب

دیدنی آج اضطرابِ ساقی و پیمانہ ہے

مگر یہ بھی کفرانِ نعمت ہے کہ غنیمت قسم کا پان میسّر ہے تمباکو کا ایسا کاک تیل

تیار رہے اور اُس پان کی یاد میں جو اب خواب و خیال ہے اس کیف کو بھی بے کیفیوں کے نذر کیا جا رہا ہے۔ لہٰذا میں یہ پان کھاتا ہوں اور اس کے تعطر میں آپ کی یاد کو بسانے کی کوشش کرتا ہوں۔ بات یہ ہے کہ یہاں کے پان کھانے والوں میں آپ کا دم غنیمت ہے بڑے سلیقے اور نفاست سے آپ بھی پان کھاتے ہیں بلکہ اپنے اس ذوق کے بڑے دُلار آپ بھی کرتے ہیں میں نے آپ کی وہ ناز برداریاں دیکھی ہیں جو قوام بنانے میں آپ فرماتے ہیں اور آپ کی آنکھوں میں وہ چمک بھی دیکھی ہے جو اپنے قوام کی داد حاصل کرنے کے وقت پیدا ہوتی ہے آپ اپنے اس ذوق میں بھی پورا شاعرانہ سلیقہ صرف کرتے ہیں۔ یوں تو خیر حقّے کے سلسلے میں بھی آپ نفاست پسندی کی حد کر دیتے ہیں مگر وہ میرا موضوع نہیں ہے البتہ پان کے سلسلے میں آپ کے اہتمام کو دیکھ کر جی خوش ہوتا ہے اور دل چاہتا ہے کہ یہ مذاقِ سلیم آپ کے ایسے چند خوش مذاق افراد تک محدود نہ رہے اور یہ کہنے کی نوبت نہ آئے کہ ؎

کہاں سے لائے گا ساقی کوئی یہ ذوقِ سلیم
ہمارے بعد درِ میکدہ نہ باز رہے

آج میں آپ سے کہتا ہوں کہ میں آپ کا کلام اگر کہیں چھپا ہوا پڑھتا ہوں اس وقت بھی آپ کو اپنے ذہن میں کھینچ لاتا ہوں تاکہ آپ کے کلام میں وہ رنگ بھی دیکھ سکوں جو آپ کے لبوں پہ ہوتا ہے اور آپ کے قوام کی وہ مہک بھی محسوس کر لوں

جو آپ کو سامنے بٹھا کر آپ کا کلام خود آپ سے سُن کر محسوس ہوتی ہے۔ کبھی کبھی یہ تصوّر اس قدر حاوی ہو جاتا ہے کہ واقعی دماغ پھولوں سے بس جاتا ہے اور آپ کے لبوں کی رنگینی میرے ماحول کو رنگین بنا دیتی ہے۔

مگر آپ کے قوام سے ایک شکایت ہے کہ کبھی کبھی اُس میں عطر کی زیادتی اس حد تک ہو جاتی ہے کہ پان چپلتے ہیں اور شُبہ یہ ہوتا ہے کہ خس کی ٹٹی چبا رہے ہیں صرف یہی نہیں بلکہ قوام میں عطر کی روغنیت تک آجاتی ہے۔ ممکن ہے یہ شکایت اُس دَور کی ہو جب قوام کے تجربات کا سلسلہ جاری تھا۔ بہرحال یہ بات گرہ میں باندھ لیجئے کہ خوشبو قوام کی روح سہی مگر اتنی بھی نہ ہو کہ روح عطر سا بن جائے۔

شوکت تھانوی

# مولانا عبدالماجد دریابادی کے نام

گڑھی شاہو۔ لاہور

سیّدی و مولائی

کئی مرتبہ ارادہ کیا کہ آپ سے پوچھوں تو سہی کہ آخر آپ پان کیوں نہیں کھاتے۔ اور بغیر پان کھائے آپ کی تحریروں میں یہ رنگینی کہاں سے آجاتی ہے۔ میں نے خشک سے خشک موضوعات پر آپ کی تحریریں دیکھی ہیں مگر رنگینی ان میں بھی اپنا رنگ چوکھا رکھتی ہے اور اس کے بعد اور بھی جی چاہنے لگتا ہے کہ کاش آپ پان کھاتے ہوتے۔ میری سمجھ میں یہ بات نہیں آتی کہ پان نہ کھانے والے اپنی زندگی میں ایک خلا کیوں نہیں محسوس کرتے۔ خیر آپ نے تو زندگی کا ایک ایسا اسلوب وضع کر لیا ہے

کہ اس باب میں بھی آپ کی طرف سے اسی جواب کا اندیشہ ہے کہ ؎

بجھتی ہی نہیں اب کسی ساغر سے مری پیاس
شاید مرا مقصد ہی مری تشنہ لبی ہے

مگر میں آپ کو بتاؤں کہ میرے تخیل میں عیش زندگی کا سب سے بہتر تصور کیا ہو سکتا ہے۔ شفاف چاندنی کے فرش پر جگمگاتا ہوا پاندان ہو جس میں ہر چیز نہایت نفاست اور سلیقہ سے رکھی ہو۔ شالباف کی نم صافی میں لکھنؤ کے پتّی پان ہوں۔ کیوڑے میں لسا ہوا دودھیا کتھا ہو۔ براق چونا ہو۔ باریک ترشی ہوئی چھالیہ ہو جس کو باجرہ کہتے ہیں۔ بھری ہوئی موٹی موٹی الائچیاں ہوں۔ قسم قسم تمباکو ہوں جن میں سے کوئی دوسرے درجے کا نہ ہو۔ قوام ہو۔ سنہری روپہلی گولیاں ہوں اور احباب بھی وہ ہوں جن میں سے ہر ایک پان سے رندانہ ذوق رکھتا ہو اور اس ذوق میں نفاست کا اتنا ہی قائل ہو جتنا میں خود ہوں۔ اگر یہ سب کچھ میسر ہو تو یہی زندگی کا حاصل ہے اور یہی میرے لئے جنت ہے۔ جنت کے متعلق بہت کچھ سن رکھا ہے بہت کچھ پڑھ رکھا ہے مگر پان کا کہیں ذکر نہیں۔ اعمال تو خیر ایسے ہیں نہیں کہ اپنا جنت جانا طے سمجھوں مگر خیال یہی آتا ہے کہ فرض کیجیے جنت نصیب ہو بھی گئے اور وہاں پان نہ ملا تو کیا ہو گا ؎

سنتے ہیں جو بہشت کی تعریف سب درست
لیکن خدا کرے وہ تری جلوہ گاہ ہو

ایک چھوٹی موٹی نجّت کا ذکر یہاں بے محل نہ ہوگا کہ جب لاہور میں میری شادی ہوئی اور اپنی پہنچا بی سسرال میں جا کر میں نے پاندان کو غائب پایا تو جی چاہا کہ خورشید دامن صاحبہ سے کہہ دوں کہ ؎

یہی ٹھہری جو شدّ طِ وصل یہی
تو استعفے امر با حسرت و یاس

میری خاطر مدارات چلیے سے ہوئی طرح طرح کی مٹھائیوں سے ہوئی۔ سگریٹ دکھلائے گئے مگر پان کی بات ہی جب کسی نے نہ پوچھی تو مجبوراً خود ہی کہنا پڑا کہ اگر آسانی سے مل سکے تو پان منگائے ملگے جب۔ اس کے جواب میں ایک سسرالی عزیز نے فرمایا کہ "میٹھا یا الائچی سپاری کا ڈھنٹ ؎

بس نخوت تپاک بڑا انگہ انتظار سے

آخر میرے لیے بازار سے دہ نامعقول پان منگائے گئے جن کو کھانا لگا ہی کھانے سے کسی طرح کم نہ تھا۔ اور آپ بادرہ فرمائیے کہ مجھے بڑی سنجیدگی سے اس بات پر غور کرنا پڑا کہ یہ زندگی بھر کے ساتھ کا معاملہ ہے۔ یہاں زندگی نامِ پان کا اور وہاں پان کا کوئی تعلق ضرور بات زندگی سے نہیں ان حالات میں کیسے نبھے گی۔ آخرطے یہی کیا یہاں بھی پان کی تحریک چلائی اور کامیاب بنائی جا سکتی ہے ؎

میکدہ ساز ہوں میں میکدہ بر دوش نہیں

چنانچہ اب یہی گھر ہے اور یہی اس کے گھر والے کہ ان ہے جو پان نہیں کھاتا اور کون ہے جس کو مناسب قسم کے تمباکو کی جستجو نہیں۔ متی دہ شرکیک حیات جو پہلے عید بقر عید بھی پان کھلانے کی قائل نہ تھیں اب آپ کی دعا سے نہ صرف پان کھاتی ہیں بلکہ مراد آبادی پتی تک نہایت بے تکلفی سے نوش فرمانی ہیں۔ قوام ڈھموں ڈھڈھوں ڈھ کہ منگاتی ہیں اور کئی لکھنؤ کے پان سوغات کے طور پر لے آئے تو پچولی نہیں سماتیں ۔

اب زر تاثیر غم عشق یہاں تک پہنچی
کہ اِدھر ہوش اگر ہے تو اُدھر ہوش نہیں

پان کھانا بڑی بات نہیں البتہ پان کا اہتمام کرنا ایک بات ضرور ہے چنانچہ دہ نہایت نفیس چھالیہ خود کاٹتی ہیں۔ نہایت اسٹیڈل گلوریاں خود بنانی ہیں یکتے چونے کے نَوا زن کا جو سلیقہ مجھنا چاہیئے وہ ان میں پیدا ہو چکا ہے اور میٹھے پان کا نام سنکر اب ان کو بھی ہنسی آتی ہے مختصر یہ کہ ؎

لائے اس بت کو التجا کر کے
کفر ٹوٹا خدا خدا کر کے

ان کے بعض عزیزوں نے ان کو سمجھایا ۔ پان اور تمباکو کے خلاف ایک منظم مہم سر کرنے کی کوشش کی گئی۔ طبی اعتبار سے تمباکو کے مضر اثرات ان کے ذہن نشین کرنے کی کوشش ہر ہی مگر تو بھی کیجئے ؎

ہم کہیں اُتنے ہیں واعظ تیرے بہکانے ہیں
اسی میخانے کی مٹی اسی میخانے میں

یہاں تک لکھنے کے بعد ہوش آیا کہ لکھنا خدا جلانے کیا تھا اور خط ختم تو یہ کہہ آیا کہ صرف پان کے ذکر پر۔ خیر اس صحبت میں نہ سہی اگلی صحبت میں سہی۔ یار زندہ صحبت باقی۔ جو چند ضروری باتیں ہیں ان کو کل پر اُٹھا ئے رکھتا ہوں اس وقت تو ہاتھ بے ساختہ خاصدان کی طرف بڑھ رہا ہے جس میں چھڑ کٹر گلمہر یاں شالیاف میں دُلہن کی طرح لپٹی ہوئی موجود ہیں ایک گلوری کھا کر آپ کے لئے بھی دعا کروں گا کہ خدا آپ کو بھی یہ توفیق عطا فرمائے۔

شوکت تھانوی

(۲)

گڑھی شاہو۔ لاہور

سیدی و مولائی

کل کا خط پان سے شروع ہوکر پان ہی پر ختم ہوگیا اور جو خاص بات تھی عرض کرنا تھی وہ خاصدان کے نذر ہوگئی۔ رکھیے مجھے کچھ آپ کی سچی باتوں کے متعلق عرض کرنا ہے جو آپ کے "صدق" میں چھپنے کے بعد پاکستان کے متعدد اخبارات میں نہایت پابندی کے ساتھ چھپتی رہتی ہیں اور میں نہایت پابندی کے ساتھ ان کو تڑپتا رہتا ہوں۔ سمجھ میں نہیں آتا کہ داد آپ کی بیباکی اور جرأت تحریر کی دی جائے یا بھارت کی حکومت کی اس فراخ دلی کی جس نے اس جرأت تحریر کو اب تک

لائق تعزیہ نہیں سمجھا۔ اگر آپ اس کو دریا بادکے سلسلے کا کوئی استعارہ نہ سمجھیں تو یہ عرض کرنا چاہتا ہوں کہ دریا میں وہ مگر مچھ سے بیرہر ایک کا ام نہیں مگر یہ بھی واقعہ ہے کہ آپ بہ ترکیب رکھتے ہیں کہ آپ تو یہ چاہتے ہیں کہ آپ کی حکومت صدق کے آئینے میں خود اپنی کوتاہیوں کا عکس دیکھیے ٹھیک اور سچ تو یہ ہے کہ آپ نگلی پٹی لکھتے ہی کب ہیں۔ وہ ہندوستان ہو یا پاکستان بچتے ہی کسے ہیں ع

نادک نے تیرے حبیبہ نہ چھوڑ راز ہائے ہیں

پاکستان کے متعلق آپ نے کب رعایت سے کام لیا ہے کوئی ایسی ویسی خبر آپ کی نظر سے گذری اور آپ نے پاکستان کو آڑے ہاتھوں لیا۔ جن اور طنز کے زہر میں بجھے ہوئے نشتروں سے نا مضغ کر دی۔ اسی طرح بھارت میں مسلمانوں کے ساتھ جو بھی زیادتیاں ہو رہی ہیں؛ ان کو خواہ اور کوئی پی لے خاموشی کے ساتھ سہہ جائے مگر آپ نہیں ملتے حال ہی میں بھوپال کے فسادات کے متعلق آپ کا ایک تندوتیز نظر سے گذرا۔ حیرت ہوتی ہے اس ٹبر اطلاع پر:۔

"بھوپال ایک مسلم ریاست تھی صدیوں اس پر مسلمان نواب اور بیگمات حکمران رہی ہیں ان کے اس لیے"مستنبدانہ"اور"جابرانہ" دور میں بھی کوئی مثال اس سپانہ پر ہنگامہ اور فساد کی ملتی ہے؟

اس نورانی عہد میں کبھی دعایا کا یوں خون بہا ہے؟ دکانیں لٹی ہیں؟ عورتوں کی بے حرمتی ہوئی ہے؟ یوں بار بار پولیس کو گولیاں اور لاٹھیاں چلانے کی ضرورت پیش آئی ہے؟ اس دور میں بھی کسی مہذب دیندار کی بے حرمتی ہوئی ہے؟"

یہ جرأتِ اظہار ایمان کی نیکی کا ایک پرتو ہے۔
آئیں جواں مردوں حق گوئی دبیبا کی
اللہ کے شیروں کو آتی نہیں رہ باہی

حکومت، فوج، ہوریا سوسائٹی۔ اپنے عزیز ہموں با دوست جس کی جو بات بھی آپ کے نزدیک غلط ہوئی آپ نے اسی طرح اپنے اختلاف کی شدت دکھائی ہے۔ مجھ کو معلوم ہے کہ آپ مجھ کو کس قدر عزیز رکھتے ہیں۔ اسی صداقت کے عالم میں مجھ کو آسمان پہ چڑھایا جا چکا تھا کہ آپ کو یہ خبر پہنچی کہ میں نے ایک فلم میں کلام کیا ہے۔ بس پھر کیا تھا انعام و اسنگی و چیزی رہ گئی۔ محبت، خصوصیت، مروت سب سے آنکھیں پھیر لیں اور کیا کوئی دشمن دشمنی کرے گا جو اس دوست نے دوستی کا حق ادا کیا۔ میں سمجھتا تھا کہ یہ بھی محبت کی فراوانی ہے کہ میرے متعلق یہ خبر سنکر ایک دم چکرا سا گلا ہے اور آپ آپ آبلے پڑ سے ہیں بگر اللہ بچائے اس محبت سے۔
کچھ کہہ نہ گیا بر نی غضب ہے جسے پیمونگا
اوف کر نہ سکا جس کہ ترسے پیار نے مارا

سعادت حسن منٹو کی موت پر آپ نے جو کچھ لکھا اس پر کافی لے دے ہوئی کسی نے کہا کہ یہ گڑے مُردے اُکھاڑنا ہے۔ کسی نے کہا موت تمام اختلافات کے دروازے بند کر دیتی ہے اور اس باب کو پھر کھولنا سنگدلی کی انتہا ہے کسی نے کہا ایک سچے رند پر مرنے کے بعد جھوٹے تقدس کا رعب جمایا جا رہا ہے غرض جتنے منہ اتنی باتیں اور اکثریت آپ کے خلاف تھی۔ سنجیدہ سے سنجیدہ افراد نے بھی یہ ضرور کہا کہ مرنے کے بعد تو یہی کہا جاتا ہے کہ ع

خدا بخشے بہت سی خوبیاں تھیں مرنے والے میں

اور مولانا یہ کہہ رہے ہیں کہ خدا ہرگز نہ بخشے مرنے والے میں سوائے عیوب کے کچھ تھا ہی نہیں۔ منٹو کی زندگی میں یہ اختلاف ہوتا تو ٹھیک تھا اب اس کے مرنے کے بعد یہ زیادتی ہے مولانا کی۔ مگر میں نے اس وقت بھی کہا تھا اور اب بھی کہتا ہوں کہ کاش یہی منٹو آپ کا سب سے قریبی عزیز ہوتا اس وقت لوگ اندازہ کرتے کہ آپ اپنے اس عزیز کو بھی نہ بخشتے اور یہی چاہتے کہ خدا بھی نہ بخشے۔ میں نے اپنے بعض دوستوں کو سمجھایا کہ مولانا کا قول یہ ہے کہ مرنے والا مر جاتا ہے مگر اس کی اچھائیوں کی طرح اس کی برائیاں بھی زندہ رہتی ہیں اور یہ مخالفت دراصل منٹو کی نہیں بلکہ ان افراد کی ہے جو مرحوم کی اس قسم کی کمزوریوں کو نہایت فخر سے شہ زوریاں سمجھ کر پیش کر رہے ہیں مگر میں دیکھ رہا تھا کہ اس باب میں اکثریت آپ کے خلاف تھی مگر اس قسم کے موقعوں

پہ آپ کا عالم تو یہ ہوتا ہے کہ - ع

خلقے پسِ دیوانہ و دیوانہ بکارے

بہر حال بات کہیں سے کہیں جا پہنچی۔ عرض صرف یہ کرنا تھا کہ اب جبکہ خود آپ اپنے وطن میں اجنبی کی سی زندگی بسر کر رہے ہیں اور بتیس دانتوں میں زبان کی سی حالت ہے آپ کی ان بیباک تحریروں کو حکومت کب تک نظر انداز کرے گی۔ ایسا نہ ہو کہ پانی سر سے اُونچا ہو جائے "صدق" اور اس کی سچی باتوں سے ہم کو محروم ہونا پڑے اگر قلم میں ذرا سی لچک پیدا کر لی جائے اور "آ بیل مجھے مار" کی پالیسی اختیار نہ کی جائے تو بھی کام چل سکتا ہے یہ مشورہ لقمان کو درسِ حکمت دینے سے کم نہیں مگر خود آپ ہی بتایئے آپ نے اپنا کیا انجام سوچ رکھا ہے؟

شوکت تھانوی

# صباح الدین عمر کے نام

گڑھی شاہو۔ لاہور

جیلبی!

میں نے اس وقت اپنی بزمِ تصور آراستہ کی تو آنکھ اُٹھاتے ہی نظر آپ پر پڑی۔ آپ پان کی "تیوڑی" اپنے بائیں گال میں نکالے گم سم بیٹھے نظر آئے۔ جی چاہا کہ آپ کو بجائے "جیلبی" کے "عجیبی و غریبی" کے القاب سے مخاطب کروں مگر چونکہ خلوت کی باتیں کھلے خطوط میں نہیں ہوتیں لہذا یہ ارادہ ملتوی کر دیا۔ اس بزمِ تصور میں بھی آپ کی یہ بے زبانی اس قدر پریشان کر رہی ہے کہ کفرانِ نعمت سہی مگر پان تک کو برا بھلا کہنے کو جی چاہتا ہے اور یہ واقعہ ہے کہ آپ کا پان کھا کر کسی

محفل میں بیٹھنا اہلِ محفل کو غیر متکلم فلم کے دور میں پہنچا دیتا ہے۔ بات یہ ہے کہ آپ تو پان کو دال روٹی سمجھ کر چار پانچ گلوریاں یکمشت منہ میں ٹھونس لیتے ہیں اور پھر لپو ڈبے کی چٹنی کی طرح قوام چاٹ کر لبوں پر مہر سکوت لگا لیتے ہیں اور باقی حضرات کو آپ کے جیتے جی آپ سے صبر کر لینا پڑتا ہے اس لئے کہ آپ کا عالم تو یہ ہوتا ہے کہ ؎

منہ تکا ہی کرے ہے جس تس کا
حیرتی آئینہ ہے یہ کس کا

چشمے کے موٹے موٹے شیشوں کے نیچے گول گول دیدے زبان کی قائم مقامی کرنا چاہتے ہیں۔ ؎

نگاہیں گفتگو کرتی ہیں تم خاموش رہتے ہو

مگر جو شخص دل کی بات زبان سے کہہ کر نہ سمجھا سکے وہ نگاہوں سے خاک گفتگو کر سکتا ہے۔ نتیجہ یہ کہ آپ کا یہ پان کھانے کے بعد "گویم مشکل وگرنہ گویم مشکل" والا عالم احباب کے لئے ایک قہر خداوندی ہوتا ہے اور بڑا دل گردہ ہے ان کا جو آپ کو اس عالم میں برداشت کر لیتے ہیں۔ سچ تو یہ ہے کہ پان کھانے والے بڑے بڑے دیکھے مگر باندان کھانے والے صرف آپ ہی نظر آئے۔ جس وقت خاصدان کی طرف آپ کا ہاتھ بڑھتا ہے جی چاہتا ہے کہ آپ سے عرض کیا جائے کہ اس شغل سے پہلے اگر پسماندگان

کے لئے کوئی وصیت وغیرہ کرنا ہو تو کر لیجئے ورنہ پھر آپ کہاں اور ہم کہاں۔

خاک ایسی زندگی پر تم کہیں اور ہم کہیں

۶۔

مگر آپ عموماً پان کھا کر مہر بلب رہنے کے لیئے تاش کھیلنا شروع کر دیتے ہیں تاکہ بولنے کی ضرورت ہی پیش نہ آئے اور اگر کوئی سخن گسترانہ بات آ پڑی اس عالم میں بھی تو آپ کی کیفیت دیکھنے سے تعلق رکھتی ہے۔ حلق سے " قوں قوں قوں" کریں گے دیدے مٹکائیں گے۔ ہاتھ کے اشاروں سے بات کریں گے اور آخر کار اپنا مفہوم سمجھانے کی ہر کوشش میں ناکام رہ کر صبر کرلیں گے مگر یہ ناممکن ہے کہ جو خزانہ منہ میں بھرا ہوا ہے وہ اُگالدان میں جھونک دیں یہ دولت اس طرح لٹا دیں۔ اس عالم میں آپ کے ہاتھوں کے اشارے میر کا یہ شعر ہمیشہ یاد دلاتے ہیں ؎

کس کس طرح سے ہاتھ نچاتا ہے وعظ میں
دیکھا جو شیخ شہر عجب دستگاہ ہے

معلوم نہیں آپ کو پان کھانے کا مشورہ کس نے دیا تھا۔ تاریخ اس باب میں خود بھی آپ ہی کی طرح پان کھائے خاموش نظر آتی ہے البتہ پتہ صرف اتنا چلا ہے کہ قوام کھانا آپ نے رفیع احمد خاں مرحوم سے سیکھا تھا اور کوئی تعجب نہیں کہ آپ نے پہلے قوام کھانا سیکھا ہو اور بعد میں پان کھانا ؎

کتابِ عشق کی ترتیب خود ہی مبہم ہے
فنا کا ذکر بقا سے یہاں مقدم ہے

بہر حال آپ کا پان کھانا اور آدم خوری ملتی جلتی سی چیزیں معلوم ہوتی ہیں خیر ہماری بلا سے وہ کچھ بھی ہو اندیشہ تو صرف یہ ہے کہ اگر آپ ہی کی قسم کے چند اور پان کھا کر پان کو بدنام کرنے والے پیدا ہو گئے تو پان کھانے کے لئے بھی لائسنس لینا پڑے گا اور پان کھانے کی بھی وہی سزا مقرر ہو جائیگی جو اقدامِ خودکشی کی ہے۔ بات دراصل یہ ہے کہ آپ سے اعتدال کی امید تو فضول ہے البتہ یہ اپیل ضرور کی جاسکتی ہے کہ کیا آپ پان اور پان کھانے والوں پر یہ تاریخی احسان فرما سکتے ہیں کہ پان کھانا ہی چھوڑ دیں اگر آپ روٹی کی طرح پان کھانے کے بجائے پان کھانے کی طرح روٹی کھالیا کریں تو اس سے آپ کی صحت میں بھی اضافہ ہوگا یہ روٹی جسم کو بھی لگے گی ہڈیوں کے ڈھانچے میں بوٹی بھی نظر آنے لگے گی اور سب سے بڑی بات یہ کہ پان کھا کر احباب کی محفل میں آپ کی یہ کیفیت نہ رہے گی کہ ؎

یاں لب پہ لاکھ لاکھ سخن اضطراب میں
واں ایک خامشی تری سب کے جواب میں

قصہ مختصر یہ کہ اگر اس پان کھانے میں آپ کی کوئی خاص مصلحت نہ ہو تو للہ پان ترک کر دیجئے آپ کے کھانے کے لئے اور ہزاروں چیزیں ہیں مثلاً

گنڈیریاں۔ رس گلّے۔ وہی بڑے پان سے آخر کونسی خطا ہو گئی ہے کہ آپ کو یہ شوق اس شدّت سے ہو گیا ہے۔ البتہ اگر منہ میں علی الحساب پان ٹھونس کر مہر بلب ہو جانے کا مقصد یہ ہے کہ ایک چپ ہزار بلا ٹالتی ہے تو دوسری بات ہے اور اگر آپ اس طرح یہ سمجھانا چاہتے ہیں کہ ؎

خموشی میں نہاں خوں گشتہ لاکھوں آرزوئیں ہیں

چراغِ مردہ ہوں میں بے زباں گورِ غریباں کا

تو صاف صاف کہیئے۔ دیکھئے پان کھانے کی وجہ سے جو چپ آپ سادھ لیتے ہیں اُس کے لئے اس شعر میں لفظ "خون گشتہ" کیسا رنگ دے رہا ہے ممکن ہے آپ یہ سب کچھ اس لئے کر رہے ہوں کہ یہ کہہ سکیں کہ ؎

اگرچہ عمر کے دس دن یہ لب رہے خاموش

سخن رہے گا سدا میری بے زبانی کا

مگر کاش آپ کو معلوم ہوتا کہ آپ سے زیادہ بے زبان وہ پان ہوتا ہے جس کا آپ خونِ ناحق کرتے ہیں۔

شوکت تھانوی

# لتا منگیشکر کے نام

گڑھی شاہو۔ لاہور

عالمہ محترمہ،

آپ کے نام یہ خط اس ذیل میں ہرگز نہیں آتا کہ ع

تقریب کچھ تو بہرِ ملاقات چاہیئے

اس لئے کہ جس حد تک ملاقات ضروری ہے وہ ہوتی ہی رہتی ہے ؎

تو نہیں تو کیا ہُوا کوئی کمی رہی

ہم تیرے بغیر بھی تجھ سے ہم کلام ہیں

آپ کی نواؤں سے جو دُنیا آج گونجی ہوئی ہے اُسی دُنیا کے بسنے والوں میں سے ایک میں بھی ہوں۔ آپ کی یہ دُنیا صرف بھارت یا پاکستان تک

محدود نہیں بلکہ آپ کے نغموں کی گونج میں تو افغانستان، سیلون، ایران، برما، انڈونیشیا بھی بستے ہیں۔ انگلستان اور امریکہ کی نشرگاہیں بھی آپ کی آواز فضا میں منتشر کرتی ہیں اور یہ آفتِ ہوش و ایمان آواز تو دور دراز گھر گھر پہنچی ہوئی ہے۔ کون سا خطہ ہے جہاں یہ شراب نہ برستی ہو۔ ان نغموں کی زبان کوئی سمجھے یا نہ سمجھے مگر یہ گیت گنگنانے والے وہاں بھی مل جاتے ہیں جہاں اُردو ابھی تک نہیں پہنچی ہے۔ میں نے اُردو کے سب سے بڑے مبلغ مولانا عبدالحق کے نام جو خط لکھا ہے اُس میں نہایت سنجیدگی کے ساتھ عرض کیا ہے کہ بھارت کی سب سے بڑی مولانا عبدالحق لتا منگیشکر ہے جس کے گانے اُس ہندوستان کے گوشے گوشے میں رچے ہوئے ہیں جو اُردو سے اپنا دامن بچانے کا دعویٰ دار ہے مگر اُردو ہے کہ لتا کے گانوں کی شکل میں اپنے گن گوا رہی ہے اور خدا جانے ان گانوں کے طفیل میں کن کن ممالک میں پہنچ چکی ہے۔ یہ واقعہ ہے کہ اُردو کی جتنی تبلیغ غیر ارادی طور پر آپ نے کی ہے اُردو کے کسی مبلغ یا اُردو کے کسی تبلیغی ادارے سے ممکن نہ ہو سکی ہندوستان میں تو خیر گلگلوں سے پرہیز کرنے والے بھی یہ گڑ کھاتے ہی رہتے ہیں مگر ہندوستان اور پاکستان سے باہر بھی اُردو نہ سمجھنے والے بھی یہ گنگناتے ہوئے پائے گئے ہیں کہ

شمع پہ آکر گرتے ہیں کیوں جل جل کر پروانے
مر کر جینا جی کر مرنا۔ پگلے تو کیا جانے

لکھا جا رہا تھا

آپ کی آواز کی ایک ہی موج بڑے بڑے فرشتہ صورت بزرگوں کو کچے دھاگے ہیں باندھ کر ریڈیو پوسٹ کے قریب لے آتی ہے خواہ وہ اپنے زہد و تقدس کے اعتبارات سے کتنے ہی دور کیوں نہ ہو جائیں وہ کشاں کشاں آتے ہیں اور عمر رفتہ کو آواز دیتے ہوئے آتے ہیں ؎

غزل اس نے چھیڑی مجھے ساز دینا
ذرا عمرِ رفتہ کو آواز دینا

آواز کا یہ جادو اور موسیقی کا یہ تاثر ہی تو ہے کہ ہندوستان سے اُردو کو فنا کیا جا رہا ہے مگر لتا کے گانوں میں جو اُردو سمائی ہوئی ہے وہ سر آنکھوں پر قبول ہے اُردو کے لئے بھارت کے دل کو جتنا تنگ کیا جا رہا ہے آپ کی آواز اتنا ہی کشود پیدا کرتی جاتی ہے حالانکہ یہ بھی درست ہے کہ ؎

کھل تو جاتا ہے مغنّی کے بم و زیر سے دل
نہ رہا زندہ و پائندہ تو کیا دل کی کشود

مگر جب تک آپ کے نغموں کی گونج باقی ہے کم سے کم اُس وقت تک اُردو آپ کے ملک میں زندہ رہے گی۔ یوں تو آپ کے پردھان منتری بھی اُردو کا دم بھرتے رہتے ہیں اور ان کے مُلک میں اُردو کا جو خون ناحق ہو رہا ہے اُس سے اپنا دامن بچانے کی کوشش کرتے رہتے ہیں مگر یہ خون ان کے دامن پر نہ سہی ان کی حکومت کے دامن پر بہرحال نظر آ رہا ہے ؎

لہو بسمل کا مقتل کی زمیں پر
نہ دامن پر نہ اُن کی آستیں پر

بات دراصل یہ ہے کہ آپ کے گیتوں کی شکل میں جو اُردو ہندوستان میں اب تک قابلِ قبول بنی ہوئی ہے اُس کی ایک وجہ یہ بھی ہے کہ دُنیا کی تمام قوموں کی قدیم روایتوں سے یہ ثابت ہو چکا ہے کہ گانے سے جانور تک متاثر ہوئے بغیر نہیں رہ سکتے پھر یہ تو اُردو کے لاکھ دشمن سہی مگر انسان تو ہیں ہی۔ کرشن جی کی بانسری کی لے پر اگر گئو ماتا چرنا چھوڑ دیتی تھیں تو آپ کے گانوں کی دھن میں اس امتیاز کا ہوش کس کو ہو سکتا ہے کہ اس آواز کے پردے میں اُردو ہے۔ جو روح میں سمائی چلی جاتی ہے۔ اگر یہی ہوش آجائے تو وہ چیخ اُٹھیں کہ ؎

اگر نوا میں ہے پوشیدہ موت کا پیغام
حرام میری نگاہوں میں نائے و چنگ و رباب

بہر صورت اُردو کی جو نشر و اشاعت آپ کی حسین آواز کے ساتھ ہوئی ہے اُس نے اُردو کو ہندوستان میں امر بنا دیا ہے کوشش کی گئی تھی اُردو کے باب میں ایک ہندوستان گیر سنّاٹا پیدا کرنے کی مگر آپ کے نغموں نے اُردو کی ایسی گونج پیدا کی ہے کہ اس نقار خانہ اُردو میں ہندی کے طوطی کی آواز بمشکل سنی جا سکتی ہے۔ مانگی جا رہی تھی اُردو کے لیے علاقائی حیثیت

مگر آپ کے گانوں نے اس کو ملک گیر حیثیت خود بخود دیدی۔

مکتوب یہیں تک پہنچا تھا کہ ریڈیو سے آپ کا نغمہ اُبھر کر فضا پر چھا گیا۔ لہٰذا اب میں بھی ایک تازہ پان کھا کر آپ سے باتیں کرنے کے بجائے آپ کی باتیں سُننا چاہتا ہوں معلوم نہیں آپ پان کھاتی ہیں یا نہیں مگر میں بغیر پان کھائے آپ کا گانا سُننا ایک قسم کی گستاخی سمجھتا ہوں ایک معطر گلوری مُنہ میں ہو اور کانوں میں آپ کی آواز کا رس اُنڈل رہا ہو تو اس دو آتشہ کا کیف مجھ کو واقعی گم کر دیتا ہے اور میں چاہتا ہوں کہ کوئی مجھ کو نہ ڈھونڈھے۔

شوکت تھانوی

# حکیم محمد امین کے نام

گڑھی شاہو۔ لاہور

صدیقِ مکرم

آپ لکھنؤ بلانے کے لئے لکھتے ہیں کہ آموں اور خربوزوں کا موسم ہے لہٰذا آجاؤ۔ جی ہاں ؎

بہار آئی مزاجوں کی سب ہی تدبیر کرتے ہیں
جوانوں کو ان ہی ایام میں زنجیر کرتے ہیں

مگر یہ دانہ جو آپ نے ڈالا ہے اور آم اور خربوزے کا جو دام آپ نے اس عنقا کے لئے بچھایا ہے اُس کا جواب اس عنقا کی طرف سے یہ ہے کہ ؎

برو ایں دام بر مرغِ دگر نہ
کہ عنقا را بلند است آشیانہ

خربوزہ نو خیر مگر آم کا اپنا ایک مقام ہے پھر لکھنؤ کے آم واقعی انگبین کے سربمہر گلاس ہوتے ہیں۔ مگر آپ کو یہ سنکر حیرت ہوگی کہ یہاں بھی ملتان پاکستان کا ملیح آباد بن چکا ہے پچھلے سال ظفر الاحسن صاحب لاری ملتان کے کمشنر تھے اور ملتان کے آم کھا کھا کر جلایا کرتے تھے چونکہ یہاں بھی آموں سے عشق ہے لہذا ظفر الاحسن صاحب کی حیثیت کامیاب رقیب کی بن کر رہ گئی تھی مگر جب خود ان پر اس رقابت کا اظہار کیا تو وہ ملتان پکڑ لے گئے اور اعلیٰ درجے کے آم اس قدر کھلائے کہ میں نے گویا گھر دیکھ لیا پھر کیا تھا فصل بھر یہ ہوتا رہا کہ ہفتے کی شام کو روانہ ہوگئے اتوار کو دن بھر ملتان کے آم کھائے اور پیر کو لاہور واپس آگئے۔ ؎

جانا پڑا رقیب کے در پر ہزار بار
اے کاش جانتا نہ تری رہگذر کو میں

اسی سلسلے میں ایک مرتبہ ظفر الاحسن صاحب نے لکھا کہ ملتان میں آموں کی نمائش ہے اور میں انعامات تقسیم کرونگا لہذا فوراً پہنچو۔ میں آپ سے کیا عرض کروں کہ اس نمائش میں میں نے کیا دیکھا۔ وہ سب آم جو لکھنؤ میں چھوڑ آیا تھا مل گئے۔ ثمر بہشت اسی رنگ روپ کا وہی اس کا مزہ وہی لطافت مگر ڈیل ڈول میں اس سے بھی بڑا۔ دسہری۔ لنگڑا۔ رٹول۔ اور طرح طرح کے دوسرے آم۔ جن آموں کو اول۔ دوم اور سوم انعام ملے

تھے ان کے ٹوکرے احسن صاحب نے ساتھ کر دیئے اور سچ تو یہ ہے کہ پچھلے سال آموں کے معاملہ میں معلوم یہ ہوتا تھا کہ کنواں خود پیاسے کے پاس پہنچ گیا ہے۔ اس مرتبہ ظفر الاحسن صاحب ملتان کے حاکم اعلیٰ نہیں ہیں مگر خدا مسبب الاسباب ہے دانے دانے پر مہر ہوتی ہے جس قدر قسمت میں ہیں یہاں بھی مل جائیں گے۔ بہر حال یہ اطمینان تو ہے ہی کہ آموں کی قلمکاری کے اتنے کامیاب تجربے یہاں بھی ہو چکے ہیں کہ ملیح آباد اور سندیلے کے کم و بیشتر تمام آم یہاں پیدا ہونے لگے ہیں۔ بنارس کا لنگڑا ابھی بنارس سے یہاں تک پہنچنے کے لئے اب کوئی عذر لنگ نہیں کر سکتا البتہ وہ لکھنؤ سفیدا جو تخمی آموں کا حرف آخر ہے یہاں نایاب ہے۔ سچ پوچھیے تو یہ لکھنؤ سفیدا ہی ہے جس نے غالب سے کہلوایا تھا ؎

انگبیں کے بحکم رب النّاس — بھر کے بھیجے ہیں سربمہر گلاس
رہرو راہ خلد کا توشہ — طوبیٰ و سدرہ کا جگر گوشہ

مگر لکھنؤ سفیدا ابھی اتنی کشش تو نہیں رکھتا کہ اس کے لئے وہ سفر اختیار کیا جائے جو اب ایک غیر ملک کا سفر ہے۔ البتہ اگر آپ نے لکھا ہوتا کہ لپٹی پانوں کی بہار ہے الائچیوں کا انبار ہے قوام مہک رہے ہیں اور سب سے بڑھ کر یہ کہ میں خود پان کھانے لگا ہوں تو میرا جی چاہتا کہ پر پرواز مل جائیں اور میں اڑ کر لکھنؤ پہنچوں۔ آپ کو یاد ہوگا کہ ایک مرتبہ عید کے دن آپ نے

پان کھا کر اپنے لبوں کو اس قدر لال کیا تھا کہ ہیں نے نظرِ بد سے بچانے کیلئے کالا دانہ اُتارنے کی تجویز پیش کی تھی اور یہ واقعہ ہے کہ ؎

دیکھا نہ ہم نے چھوٹ میں یاقوت کی کبھو
تھا جو سماں لبوں کے ترے رنگِ پان پر

بڑی بوڑھیوں سے سُن رکھا ہے کہ پان کھا کر جس لڑکی کے لب زیادہ لال ہوتے ہیں اُس کا دولہا اُس کو بہت چاہتا ہے اور جس لڑکے کے لب زیادہ لال ہوتے ہیں اُس کی دُلہن اس کو بہت چاہتی ہے۔ اس عقیدے کی تصدیق کم سے کم آپ کے گھر میں تو ہو ہی گئی۔ بھابی کے عشقِ حقیقی کی اطلاع تو پہلے سے تھی ہی آپ نے پان کھا کر اپنے لبوں کے رنگ سے اس یقین پر ایک مہر اور لگا دی مگر آپ کا یہ عید بقر عید پان کھانا سمجھ میں نہ آیا حالانکہ آپ کا اس طبقے سے بھی کوئی تعلق نہیں جو عید بقر عید پان کھاتا ہے تعجب اس پر بھی ہے کہ آپ کے گھر میں پاندان کو بڑی اہمیت حاصل ہے نہایت نفاست سے پاندان ہر وقت سجا رہتا ہے اور اُگالدان تو آپ کے یہاں میں نے اتنا بڑا دیکھا ہے کہ گویا یہ بین الاقوامی اُگالدان ہے۔ اچھا خاصا مونڈھا معلوم ہوتا تھا گویا اُگالدانوں کا رستمِ زماں یا ابو العول کا ذاتی استعمال کا اُگالدان۔ پاندان بھی مختلف قسم کے موجود ہیں اور سب ہر وقت آراستہ رہتے ہیں مگر آپ اس اہتمام کے باوجود شاذو نادر ہی کھاتے ہیں معلوم

نہیں اس میں آپ کی کیا حکمت ہے۔ دریا کے کنارے اس تشنہ لبی میں کیا مصلحت ہے۔

میں لکھنؤ آنے کو تیار ہوں۔ ذرا یہ لکھ کر دیکھئے کہ آپ نے پان کھانا شروع کر دیا ہے۔ اب مجھ کو دیکھ لیجئے کہ وہ پان نصیب نہیں وہ صحت مند الائچیاں عنقا ہیں وہ پُرتکلّف تمباکو اور قوام میسّر نہیں مگر پاندان اس وقت سامنے ہے ابھی یہ مکتوب ختم کرونگا اور پان اس اہتمام سے بناؤنگا جیسے کوئی مصوّر اپنی تصویر میں رنگ بھرنے کے لئے ہاتھ کی صفائی دکھاتا ہے۔ ایک تازہ گلوری کھا کر آپ کے پاندان کا جامِ صحت تجویز کرونگا۔

شوکت تھانوی

# حضرت تسکین قریشی کے نام

گڑھی شاہو - لاہور

صدیق مکرم

کون تسکیں کو بلائے کہ وہ دیوانۂ عشق
اک جہاں ساتھ میں لایا ہے جہاں آیا ہے

آپ کا پاکستان آنا معلوم نہیں خود آپ کے لئے کیا معنی رکھتا ہو مگر کراچی سے لاہور آکر میرے لئے جو بزم آپ نے آراستہ کر دی تھی اُس نے لاہور میں بیٹھے ہی بیٹھے مجھ کو کچھ دنوں کے لئے لکھنؤ میں گم رکھا۔ مجھے آپکے چوڑی دار پاجامہ سے کوئی سروکار نہیں مگر جو پاندان آپکے ساتھ آیا اور اپنے ساتھ جو اہتمام لایا اس کو میں کنویں کا پیاسے تک پہنچنا سمجھتا ہوں اوّل اوّل تو یہ بدگمانی

رہی کہ ۔ ؎

ساقی نے کچھ ملا نہ دیا ہو شراب میں

مگر بعد میں پتہ چلا کہ ساقی خود اس شراب میں ملا ہوا تھا۔ آپ سمجھ نہ ہوں گے کہ میرے اور آپ کے تعلقات کی درمیانی کڑی حضرت جگر مراد آبادی ہیں۔ جی نہیں اس سے بھی مستحکم کڑی آپ کا وہ پاندان ہے جس میں ہمیشہ وہ ویسی پان موجود رہتے جو اس دیار میں دوا کے طور پر بھی بمشکل دستیاب ہوتے ہیں آنکھوں میں لگانے کے لئے بھی بڑی دیدہ ریزی کے بعد ملتے ہیں اور یہ پان اگر مل بھی گئے تو ان کی ناز برداری کا سلیقہ کوئی کہاں سے لائے گا ؎

اہلِ محفل اور جنونِ لذت کام و دہن
کس سے کہیے رسم و راہِ مے کشی ہوتی ہے کیا

ان پانوں کے لئے وہ آپ کی جستجو۔ پھر آپ کی اس طلبِ صادق کے ثمر کے طور پر گویا ان پانوں کا آپ کو ملنا پھر آپ کا ان پانوں کو لیکر بیٹھنا ان کو بڑے چاؤ سے سنوارنا۔ کتر بیونت کرنا۔ چھوٹے چھوٹے تعویذ نما پان بنا کر ڈبیا میں رکھنا۔ اہلِ ذوق کے سامنے بڑی سرخروئی سے وہ ڈبیا پیش کرنا اور کور ذوقوں کی دست درازی پہ دل ہی دل میں کڑھ کر زبانِ حال سے یہ کہنا کہ ؎

سمجھائی تو ہے بزمِ واعظ نے لیکن
دلوں کی کمی ہے نگاہیں بہت ہیں

یہ تمام وہ باتیں تھیں جو مشرب کی یکسانیت کے باعث مجھے کہ اپنے دور نہ رکھ سکیں، ورنہ ہمارے یہاں مشرب کی یہ رنگینی کہاں۔ یہ پان اور پان سکے لئے یہ اہتمام کہاں۔ خدا نہ کرے کہ یہ پان کسی ایسے خون لگا کر اپنے کو شہیدوں میں شمال کرنے والے کے ہاتھ لگ جائے جو اس میں سونف اور لونگ کا سفوف تک ڈال کر اس کو گھٹی اور اپنے منہ کو زچہ خانہ بنا ڈالے۔ اور خدا نہ کرے کہ یہ پان کسی ایسے پان کھانے والے کے ہاتھ لگ جائے جو اس پان میں اور اس پٹ سن نژاد پان میں کوئی فرق نہ کر سکے جو یہاں پان کے نام سے استعمال ہوتا ہے۔ آپ کو تو معلوم ہی ہے کہ یہ سنے پان اسی وزن تک کہ وہ یا تو عجب اس عجیب الطرفین پان کا مانّا اپنے امکان میں نہ رہا مگر پان سے قطعی تو بصرف اس لئے نہ کی نئی کہ ؎

نَوْبَہ اور صحبتِ دیرینہ رندان اسے دل
یہ بھی سوچا ہے کہ گردش میں اگر جامِ آیا

لہٰذا میں نے پان ترک کر دیا مگر اس کے اجزا استعمال کرتا رہا یعنی کتھا چھالیا۔ خشک کتھا۔ الائچی۔ تمباکو اور چونا۔ ان اجزا میں البتہ اہتمام ملحوظ خاطر رہتا تھا۔ بہت نفاست سے چھالیا کٹوا تا تھا۔ الائچی و فرائندرست قسم کی فراہم کرتا تھا۔ تمباکو بہتر سے بہتر منگتا تار ہتا تھا اور اس سلسلے میں ہر ممکن

تکلف برتنا ضرور ہی سمجھتا تھا کہ قوام ہی ذرا اچھے قسم کا مل جائے۔ تمباکو ہی زعفرانی ہو مشکلی دانہ ہی دستیاب ہو جائے بہرحال پان کا غم اسی طرح غلط کرتا ہا اور اس گٹکے کے متعلق ہمیشہ یہی سمجھتا رہا کہ سے

اب زندگی کے مشتوں کا عنوان ہی اور ہے
رکھا ہے غم کا نام مسرت تیرے لئے

بات یہ ہے کہ دیسی پان کی موجودگی میں گٹکا کھانا میرے نزدیک کفرانِ نعمت ہے. مگر دیسی پان کے بجائے پیپٹ سن کے پتے کھا لینا میرے مشرب میں صریح شرک ہے. لوگ میرے اس جنوں پر ہنستے ہیں کہ میں اس ذرا سے سبز پتے کو اتنی اہمیت دیتا ہوں اب میں ان کو اس ذرا سے سبز پتے کی اہمیت کس طرح سمجھاؤں سے

کہنے کو دل میں کچھ بھی نہیں خبر خیالِ یار
لیکن خیالِ یار کی وسعت نہ پوچھئے

آپ نے دل اور پان کی ساخت پر تو غور کیا ہی ہو گا۔ کس قدر ملتی جلتی شکل ہے دونوں کی، پھر دونوں کہ پھیلئے توعرضِ دونوں کا سرخ ہی ہوتا ہے یہ تو خیر میں یوں ہی ایک غیر متعلق سی بات کہہ گیا۔ عرض یہ کر رہا تھا کہ اس ذرا سے سبز پتے سے ہماری کتنی روایات وابستہ ہیں. یہ صرف ایک برگ سبز نہیں ایک مستقل معاشرہ ہے. ایک مستقل مشرب ہے ایک مستقل مزاج

ہے اور یہ باتیں ہر ایک کو سمجھائی نہیں جا سکتیں۔

میں نے آپ کی موجودگی میں یہ اصل نسل کے پان مسلسل کھائے اور جب آپ پاکستان سے مع اپنے پاندان اور خاندان کے رخصت ہو رہے تھے اُس وقت زمیں نے گھبرا گھبرا کر اتنے پان کھائے تھے کہ ہونٹوں پر لاکھا جما لیا تھا حالانکہ یہ گہرا رنگ اس خطرے سے بھی آگاہ کر رہا تھا کہ ؎

ہونے کو ہے پھر خونِ تمنّا
بڑھنے لگی پھر رنگینیٔ دل

مگر کیا کرتا۔ مجبور تھا۔ جانتا تھا کہ محفل کے بعد پھر یہ رنگِ محفل کہاں۔ چنانچہ اب پھر میں ہوں اور میرا وہی گٹکا۔ بیٹھے میں گٹکے کی ایک خوراک کھا رہا ہوں۔

شوکت تھانوی

# نسیم ممتاز سیّد کے نام

گڑھی شاہو - لاہور

سیّدنا!

آپ کو مجھ سے یہ شکایت ہے کہ میں اپنے کو ہر موقع اور محل کے سانچے میں کبھی نہیں ڈھالتا بلکہ یہ چاہتا ہوں کہ ہر موقع اور ہر محل خود میرے ہی سانچے میں ڈھلتا رہے۔ آپ مجھ کو ہمیشہ یہ مشورہ دیتے ہیں کہ ع

زمانہ با تو نہ سازد تو با زمانہ بساز

مگر اب آپ ہی بتائیے کہ اس قسم کے موقعوں پر میں کیا کروں۔ کہنا ہوں کہ ابھی ملتان کے سفر سے واپس آیا ہوں۔ شامتِ اعمال کہئے یا قہرِ خداوندی کہ

جن صاحب کا ملتان میں مہمان بن کر رہا وہ صرف صاحب ہی نہیں بلکہ جناب صاحب بہادر نکلے خالص مغربی وضع کا ان کا گھر ہے جس میں بہرے اور خانساماں گورا شاہی اُردو بولتے پھرتے ہیں کہ "غسل لگادیا ہے صاحب" اور "لنچ لگادیا ہے صاحب" مگر قسم لے لیجیے جو کسی نے یہ کہا ہو کہ "پان لگادیا ہے صاحب" اس گھر میں دُنیا کی ہر نعمت موجود تھی۔ ہوا خوری کے لئے ہر وقت موٹر حاضر ہے۔ کھانے کے لئے بین الاقوامی کھانے ہیں۔ فریجیڈیر کے یخ بستہ پھل ہیں۔ اعلیٰ سے اعلیٰ اقسام کے سگریٹ اور سگار ہیں۔ رہنے کے لئے مکلّف کمرہ ہے۔ سونے کے لئے لچکدار مسہری ہے۔ غسل خانہ اتنا پُرتکلف کہ غسل کرنے کے معاملے میں قضائے عمری پڑھنے کو جی چاہے۔ پھر میزبان کی مہمان نوازی کا یہ عالم کہ ابھی سینما کا پروگرام بن رہا ہے تو ابھی پکنک کی تیاریاں شروع ہو گئیں مختصر یہ کہ بیچارے بچھے جاتے ہیں۔ فرش راہ ہوئے جاتے ہیں۔ یہ سب کچھ ہے مگر پان ندارد۔ نہ ان کے گھر میں پاندان ہے نہ خاصدان۔ نہ اگالدان ہے نہ محض پان۔ اور اُفتاد یہ آپڑی کہ میرے سفری پاندان کا تمام سامان ختم ہو گیا۔ اب میں کس سے کہوں کہ پان تو خیر آپ کیا لاتے البتہ چھالیہ ہی فراہم کر دیجئے۔ میری اس طلب کو ایک تو کوئی سمجھتا ہی نہیں اور اگر میزبان صاحب نے میری یہ تکلیف محسوس بھی کی تو دُور سے سگریٹ کا ڈبہ لے کر کہ لیجئے اسی سے پان کا غم غلط

کیجیئے ۔ سہ

اہلِ تدبیر کی واماندگیاں
آبلوں پر بھی حنا باندھتے ہیں

ملتان میں آپ کو میں کہاں پاتا کہ آپ میرے لیئے ڈھونڈھ کر وہ پان لاتے جو طبع شورش پسند کو سر مستیوں کی اور فکر عالم آشوب کو آسودگیوں کی دعوت دیا کرتے ہیں۔ آپکے پان کھانے سے زیادہ پان کھلانے کے سلیقے کا میں ہمیشہ قائل رہا ہوں اور کچھ آپ ہی محسوس کر سکتے ہیں کہ پاندان کی اس بے مائگی نے مجھ پر کیا قیامت توڑی ہو گی۔ جب پان ختم ہو گئے تو تیمم شروع کر دیا یعنی گنگے والا نسخہ کام آیا مگر جب چھالیہ بھی ختم ہو گئی تو وہ وقت قریب تھا کہ میں اپنے میزبان کی اس پیشکش کو قبول کر لوں کہ بازار ہی سے پان آجائیں مگر میں کیچڑ میں لتھڑے ہوئے ان موٹے موٹے پتوں کے تصوّر ہی سے ایک جھرجھری لیکر رہ گیا اور بمشکل تمام صرف یہ گوارا کر سکا کہ بازار سے چھالیہ آجائے۔ ع۔

پیالہ گر نہیں دیتا نہ دے شراب تو دے

مگر میں آپ سے کیا عرض کروں کہ جب یہ چھالیہ میرے سامنے آئی تو میرا کیا حال ہوا معلوم ہوا کہ میں کوئی عمارت بنانے کا ارادہ رکھتا ہوں اور بجری کا یہ نمونہ میرے سامنے پیش کیا گیا ہے۔ اسی قسم کی بیلڈ دل چھالیہ میں کھائی جاتا

یعنی آپ کے والد محترم کے بٹوے میں بھی دیکھ چکا ہوں۔ کس قدر حسین ڈبیا ہیں کیسے کیسے نازک اندام ٹکڑے کس اہتمام سے وہ رکھتے ہیں۔ پھر قوام بھی بڑی دوڑ دھوپ کے ساتھ ان کے لئے مہیا کیا جاتا ہے مگر چھالیہ ہی ہوتی ہے جسے کھانے کے بعد لوہے کے چنے چبانے کا لطف آتا ہے اور جبڑوں کی ورزش ہوتی رہتی ہے۔ پانوں کے سلسلے میں یہ اہتمام اور چھالیہ کے باب میں یہ تجربہ میری سمجھ میں نہیں آتا حالانکہ سنا ہے کہ لاہور میں سب سے پہلا گھر آپ کا تھا جہاں پاندان پایا گیا اور اسی گھر سے پان کھانے کی رسم چلی۔ بہرحال میں ذکر کر رہا تھا ملتان کا کہ جب وہ چھالیہ کے موٹے موٹے ٹکڑے میرے سامنے آئے تو کچھ ایسی کیفیت مجھ پہ طاری ہو گئی جس کی تھوڑی سی بہت تشریح ان الفاظ میں ہو سکتی ہے کہ "نگلے تو اندھا اور اگلے تو کوڑھی"۔ ع

نے تابِ وصل دارم نے طاقتِ جدائی

اتفاق سے ابھی وقت ایک شاعر دوست آنکھوں میں نیند کا خمار اور لبوں پہ پان کی دھڑی لئے آموجود ہوئے شاید آپ ان سے ملے ہوں۔ جناب جمال دہلوی۔ ان کو اس عالم میں دیکھتے ہی میں بے ساختہ کہہ اٹھا کہ

خوشا اقبالِ رنجوری عیادت کو تم آئے ہو
فروغِ شمعِ بالیں طالعِ بیدار بستر ہے

سب سے پہلے اُن سے پان کی فرمائش کی چنانچہ ان کی جیب سے فوراً ڈبیا نکلی دوسری جیب سے بٹوہ نکلا۔ مگر ڈبیا میں وہی جنسِ کثیف اور بٹوے میں وہی کنکر پتھر۔ میں نے حیرت سے اُن کا منہ دیکھ کر پوچھا "یہ کیا" وہ نہایت اطمینان سے بولے "اب اسی کو غنیمت سمجھتا ہوں" اور پھر اصرار کہ میں بھی یہ بدمذاقی شروع کر دوں۔ ع

زہر دے اُس پہ یہ تاکید کہ پینا ہوگا

میں نے اُن سے کہا کہ میں پان کھانا چھوڑ سکتا ہوں مگر یہ ناممکن ہے کہ یہ گندگی اُچھالنا شروع کر دوں۔ اُس وقت سے آپ مجھ کو برابر یاد آتے ہیں کہ واقعی آپ درست کہتے ہیں کہ میں اپنے کو موقع اور محل کے سانچوں میں ڈھالنے سے قاصر ہوں۔ میں نے ملتان میں پان کا روزہ رکھا تھا جو اب لاہور آکر افطار کیا ہے۔ مگر وہ بیہودہ پان کھا کر میں نے اپنے اس ذوق کی آبروریزی نہیں کی۔

شوکت تھانوی

# مولوی عبدالرؤف عباسی کے نام

گڑھی شاہو۔ لاہور

حبیبی!

آج ایک صاحب تحفہ کے طور پر چکنی ڈلی لائے ہیں۔ گنگے کے ساتھ چکنی ڈلی کھا رہا ہوں اور آپ کو یاد کر رہا ہوں۔ چکنی ڈلی کی چاٹ تو در اصل آپ ہی کی لگائی ہوئی ہے اور یہ واقعہ ہے کہ مشترکہ ہندوستان میں خوش مذاقی کے ساتھ پان کھانے والے اگر انگلیوں پہ گنے جائیں تو آپ کا نام سر فہرست ہی رکھنا پڑے گا۔ یہ اہتمام کم سے کم میری نظر سے کہیں اور نہیں گذرا کہ چاندی کی ڈبیا میں گلوریاں الگ موجود ہیں۔ خاصدان الگ بھرا ہوا ہے پھر بھی بٹوہ اور چنوٹی بھی احتیاطاً موجود ہے اور رکھنے کی

میز ہی پہ ایک چھوٹا سا پاندان بھی رکھا ہوا ہے۔ پھر یہ کہ پان ہیں تو بہترین قسم کے۔ تمباکو ہے تو بازار کی سب سے زیادہ قیمتی۔ الائچیاں ہیں تو صرف ہری نہیں سفید بھی اور خاص دان میں شالباف کی صافی کے اوپر چنبیلی کے کھلے ہوئے پھول بھی نظر آرہے ہیں تاکہ پان کا شدید سے شدید کافر بھی پان پہ ایمان لائے بغیر نہ رہ سکے۔ اور خود آپ کا یہ طریقہ کہ ابھی بستی پانوں کی معطر گلوریاں نوش فرمائی ہیں تو اب ذرا منہ کا مزہ بدلنے کے لئے گٹکے سے شغل ہو رہا ہے اور باریک ترشی ہوئی چکنی ڈلی ہتھیلی پہ تولی جا رہی ہے، تاکہ دیکھنے والے کہہ سکیں کہ ؎

ہے جو صاحب کے کفِ دست پہ یہ چکنی ڈلی
زیب دیتا ہے اسے جس قدر اچھا کہیئے

خیر اس اہتمام کا تو کوئی جواب ہی نہیں مگر اس وقت جو ڈلی میسر آگئی ہے، اس کو بھی میں حیرت سے دیکھ رہا ہوں اور عالم یہ ہے کہ ؎

خامہ انگشت بدنداں کہ اسے کیا لکھیئے
ناطقہ سر بگریباں کہ اسے کیا کہیئے

یہ چکنی ڈلی وہ لکھنو والی چکنی ڈلی ہرگز نہیں ہے جس کو نوک پلک کی احتیاطوں کے ساتھ ترشا جاتا ہے اور اس کی نہایت سڈول چھوٹی چھوٹی ٹکیاں بنانے میں پوری صناعی سے کام لیا جاتا ہے یہ تو سوکھے ہوئے بیروں کی شکل

کی کوئی چیز ہے مگر کھانے میں اُس چکنی ڈلی کے مزے سے قریب تر ہے جو آپ استعمال کرتے ہیں۔ مگر اس واجبی سی شکل صورت کی چکنی ڈلی کے میسّر آنے کا بھی یہ نتیجہ ہوا ہے کہ بٹوہ بڑے اہتمام سے سجایا جا رہا ہے موٹی موٹی الائچیاں ڈھونڈھ کر لائی گئی ہیں۔ کتھے کی پپڑیاں جمائی گئی ہیں عید بقر عید کے لئے جو تھوڑا سا مشکی دانہ رکھ چھوڑا تھا نکالا گیا ہے۔ قوام کی ایک سربمہر شیشی کھولی گئی ہے مختصر یہ کہ عالم یہ ہے کہ ؎

کرتا ہوں جمع پھر جگر لخت لخت کو
عرصہ ہوا ہے دعوتِ مژگاں کئے ہوئے

اور اس کی پہلی ہی خوراک کھانے کے بعد جی چاہتا ہے کہ صرف آپ کو مخاطب کر دوں ؎

عارضِ گل دیکھ روئے یار یاد آیا اسد
جوششِ فصلِ بہاری اشتیاق انگیز ہے

میرے تصور میں اس وقت بھی آپ کی وہی بزم آرائی ہے جس میں تمام یارانِ میکدہ جمع ہوں گے خاصدان دور میں ہوگا اور بٹوہ اِدھر سے اُدھر اُچھل رہا ہوگا۔ ؎

اُس کی بزم آرائیاں سُن کر دلِ رنجور یاں
مثلِ نقشِ مدعائے غیر بیٹھا جائے ہے

وہ محفلیں خواب ہوگئیں اور جہاں تک میرا تعلق ہے یہ محفلیں آراستہ بھی ہوتی ہیں تو صرف خیال ہیں۔ رفیع احمد خاں مرحوم کی رحلت نے اس بزم کو یوں ہی سونا کر دیا تھا اس پر طرّہ تقسیم ملک نتیجہ یہ کہ سب ہی تتر بتر ہو گئے ہے

اچھی تھی وہ ساعت کہ جب آپس میں ملے تھے
اب تیر کہیں ہے دلِ مجروح کہیں ہے

مگر آپ کی بزم تو بدستور آراستہ ہے ع

ہم نہیں اور سہی اور نہیں اور سہی

وہی مرشد آباد پیلس ہے وہی آپ ہیں اسی انگور کی بیل کے سائے میں سہ پہر کی محفلیں جمتی ہوں گی شعر و ادب کی بحثیں چھڑتی ہوں گی لطائف کی بھرمار ہوتی ہوگی سیاسی گتھیاں سلجھا سلجھا کر الجھائی اور الجھا الجھا کر سلجھائی جاتی ہوں گی خیر یہ سب کچھ تو یہاں بھی ممکن ہے مگر ... پان ... والے پان کاش آپ کو اندازہ ہوتا کہ یہی پان جس کو آپ کھا کر ... کی چیز سمجھتے ہیں اگر اس طرح دستیاب ہو جس طرح یہاں دستیاب ہوتا ہے تو کتنی بڑی نعمت ہے یہاں کی ہر محفل میں اسی پان کی کمی محسوس ہوتی ہے، اور یہ کمی کچھ اس قسم کی ہوتی ہے جیسے لبِ جو ہو، گھنگھور گھٹائیں ہوں، کیف آور اور بادہ طلب ہوائیں ہوں سب کچھ ہو مگر مئے گلرنگ نہ ہو۔ صرف ایک مئے گلرنگ کا نہ ہونا اس تمام اہتمام کو بے معنی بنا دیتا ہے۔ ہونا چاہیئے مئے گلرنگ کو خواہ

ان میں سے ایک آدھ چیز نہ بھی ہو سے

تم ہو مئے گلرنگ ہو میں ہوں لبِ جو ہو
پھر ابرِ بہاری جو نہ برسے تو نہ برسے

مگر جب مئے گلرنگ ہی سرے سے غائب ہو تو یہ تمام اہتمام بے دولہا کی برات بن کر رہ جاتا ہے۔ بہرحال آج جبکہ چکنی ڈلی میسر ہے ان محرومیوں کا ذکر کفرانِ نعمت ہے۔ میں پھر گٹکے کی ایک خوراک تیار کرتا ہوں اور اسے کھا کر آپ کا اور آپ کی محفل کا جامِ صحت تجویز کرتا ہوں اور اپنی محرومیوں کی داستان سے آپ کے لطفِ انجمن آرائی کو بے کیف کرنا نہیں چاہتا اور مجھ کو یہ بھی گوارا نہیں کہ ؎

تیرے چہرے سے ہو ظاہر غمِ پنہاں میرا

شوکت تھانوی

# مولانا نیاز فتحپوری کے نام

گردشی شاہد۔لاہور

حبیبی!
تقسیمِ ملک کے بعد ہم دونوں کے درمیان یہ طے
ہوا کہ ؎

مقامِ ناز ہے میرے لئے جہاں میں ہوں
جہاں نیاز کی حد ہے وہاں نیاز ہے

ہر چند کہ آپ کے متعلق مجھ کو معلوم ہے کہ آپ خواہ ہندوستان میں رہیں یا پاکستان میں اپنی ایک مخصوص دُنیا خود ہی وضع کر کے رہتے ہیں اور اپنے دائرے سے باہر کی دُنیا سے آپ کا بہت ہی کم تعلق رہتا ہے آجکل دُنیا

کے ساتھ آپ کے تعلقات کیا ہیں اس کا مجھے علم نہیں اس لئے کہ تقریباً نو سال سے ذہن میں نیاز ؔ حاصل کر سکا نہ نگارہی میرے مطالعہ میں رہا مگر اس سے پہلے تو خدا اور اس کی کائنات تک آپ کے دائرے سے باہر تھے اور آپ کے متعلق مجھے کچھ ایسا محسوس ہوتا تھا کہ ؎

دہ اس غریب ؔ نے پایا نہیں مفندے سے
مہر نیاز ؔ کے قابل جو آستانہ تھا

آپ کی اسی کیفیت کو کسی نے تکبر سمجھا کسی نے تعجب سے کہا کہ نیاز ؔ اور بے نیازی ۔ اور کسی نے یہ کہہ کہ صبر کہ لیا کہ جو خدا کہ خاطر میں نہ لاؤ وہ خدا کے بندوں کو کس شمار قطار میں سمجھتا ہے اور آخر کار آپ کی اس بیگانہ بستی نے یہ صورت اختیار کر لی کہ ؎

خلق معاف کسی اور کا تو ذکر ہی کیا
نیاز مند نہ ترے سے تجھ سے بے نیاز ؔ سے

میرے اور آپ کے مراسم خود بردی اور بزرگی کے علاوہ کچھ اس قسم کے بھی تھے کہ ؎

وہ ناز آفریں تھے اٹھیں اس پہ تھا غرور
ہیں تھا نیاز مند مجھے اس پہ ناز تھا

مگر رفتہ رفتہ دل و دماغ نے باغی ہونا شروع کر دیا اور اس جذبہ نے انگڑائی لی کہ اگر اس طرف خیال خاطر اہل نیاز ؔ ایک مرے سے ہے ہی نہیں تو اہل نیاز ؔ

کی بنا نہ مندیوں کی بھی آخر ایک حد ہونا چاہیئے۔ آخر یہ ان سے کیسے نہ کہا جائے کہ ؎

یہ تیرِ ناز ہیں تو شوق سے چلائے جا
خیالِ خاطرِ اہلِ بنیا نہ رہنے دے

اور شاید آپ کی شخصیت کی مجبوبیت اس بات یا نہ جذبہ کہ بھی سرد کر دیتی مگر بکثرت سے جب مجھ کو لاہور آنا پڑا اور آپکے ایک دوست کے مکان میں میری بیوی نے چھ عارضی طور پر کرایہ پر اس لئے رہ گئے کہ مجھ کو لاہور میں مکان حاصل کرنے کے بعد ان کو بلا ما نگا۔ اس موقع پر آپ نے اس دیرینہ نیازمند کا بھی خیال نہ کیا اور بجائے اس کے کہ میری عدم موجودگی میں آپ میرے متعلقین کے لئے باعثِ تقویت بنتے ان کو اس بات پر مجبور کر دیا کہ وہ فوراً اپنے کو کسی اور مکان کی تلاش کریں۔ وہ دقت تو خیر گذر رہی گیا مگر با وجود کوشش کے میں اس واقعہ کی تلخی کو نہیں بھلا سکا کہ دنیا میں یہی آپ کی دنیا میں بھی ہو سکتا ہے کہ اس قدر جلد نگاہیں بدل جائیں۔ م۔
اللہ۔ ی چشمِ یار کی معجز بیانیاں

خیر چھوڑ دیجیئے ان تکلیف دہ ذکر کو نو سال کی اس دیرینہ شکایت کہ آج معرضِ اظہار میں لا کر اب میں اپنے کو سبکدوش محسوس کر رہا ہوں بلکہ یہاں "سبکِ قلب" کی ترکیب ذہن میں آ رہی ہے۔ شکایت بھی ایک اہانت

ہمتی ہے جو آج میں نے آپ تک پہنچا دی۔
اس کڑوی بات کا اثر ودر کرنے کے لئے میں اپنے پاندان کی طرف بڑھ رہا ہوں تاکہ ایک تازہ گلوری کھا کر اپنے محسوسات کو آپ کے لئے بے داغ بنا سکوں اور جب دل میں غبار نہ ہو گا آپ کے لئے پھر کشادہ ہو سکے۔
آپ بھی اپنی میز پہ رکھے ہوئے "بے بی اگال دان" میں اگال تھوک دیجئے اور ڈبیہ سے ایک تازہ پان نکال کر کھائیے اور بٹوے سے چھالیہ اور تنباکو نکال کر بھانک لیجئے تاکہ آپ کی فضائیں بھی بدل جائیں اور اس تمام قصہ کو آپ بھی بھلا دیجئے جس طرح سے یہ کہ کر جلا رہا ہوں کہ ؎

ہم سے نظر پھیر لی اس شوخ نے
ہم بھی ہیں انسان خفا ہو گئے

کسی جگہ آپ کی تازہ ترین نصہ یہ دیکھ کر میں آپ کی تیز گامی کا قائل ہو گیا یہ انقلاب اور اس قدر جلد خیر بڑھاؤ تو آدمی ہوتا ہی ہے اور یہ بھی سچ ہے کہ کوئی آخر کہاں تک بڑھاؤ ہو اپنے آپ اپنے ادھیڑ پیری کا غلبہ اتنے سی دنوں نہ ہونے دیا بھی کیا کم ہے مگر میرے نزدیک تو بڑھاپے کا عبرت انگیز دور اس وقت شروع ہوتا ہے جب ایک پان کھانے والا پان نہ کھا سکے مسوڑے چھالیہ چبانے کا حق ادا نہ کر سکیں اور آپ کی نصہ یہ دیکھ کر یا لمحہ یقیناً پیدا ہوتا ہے کہ کہیں یہ تکلیف دہ صورت تو نہیں پیدا ہو گئی ہے یہ

تو طے ہے کہ آپ پان چھوڑ نہیں سکتے بڑے کہنہ مشق پان خور واقع ہوئے ہیں۔ ہر چند کہ آپ کے پان کھانے میں نہ کوئی تکلف ہوتا تھا نہ کوئی نمائش البتہ پابندی ضرور تھی اور پان آپ قضا نہ ہونے دیتے تھے۔ حد یہ ہے کہ جس "اگالدان سلمہ" کا میں نے ذکر کیا ہے وہ آپ کی لکھنے کی میز پر قلمدان کے برابر ہی ہمیشہ نظر آیا۔ ایسے رند سے ترکِ مے کی امید تو نہیں ہو سکتی البتہ خدا کرے آپ اپنی تصویر کی طرح اتنے بوڑھے نہ ہوئے ہوں کہ پان سے بھی بے نیاز ہو گئے ہوں۔

شوکت تھانوی

# سیّد ذوالفقار علی بخاری کے نام

گڑھی شاہو۔ لاہور

سیّدی!

ابھی قوام کی نقرئی گولیاں لایا ہوں اور آپ کو یاد کر رہا ہوں۔ صرف آج ہی یاد نہیں کر رہا ہوں جب کبھی یہ گولیاں لاتا ہوں آپ یاد آجاتے ہیں اور اس قدر ہولناک طریقہ پہ یاد آتے ہیں کہ آج بھی میں دم بخود رہ جاتا ہوں۔ غالباً آپ بھی نہ بھولے ہوں گے انجمن ترقی اُردو کے زیرِ اہتمام منعقد ہونے والی اس اُردو کانفرنس کو جو کراچی میں ۱۳ راپریل ۱۹۵۱ء کو شروع ہوئی تھی اور ۱۴ راپریل کو اسی کانفرنس کی مجلس موضوعات کا اجلاس سردار عبدالرب نشتر گورنر پنجاب کی صدارت میں ہو رہا تھا مندوبین کی صف

میں آپ کے قریب ہی میں بیٹھا تھا اور قوام کی گولیوں کی شیشی جو ابھی لیکر آیا تھا کھول رہا تھا کہ آپ نے مجھ سے پوچھا کہ یہ کیا ہے اور جب میں نے عرض کیا کہ قوام کی گولیاں ہیں تو آپ نے حسبِ معمول ناک بھوں چڑھا کر گویا اس لغویت پر ایک خاموش تبصرہ فرمایا تھا۔ میرا جی تو چاہا کہ آپ سے اُسی وقت عرض کروں کہ ؎

کس لئے جان دیتے ہیں رند شرابِ ناب پر
پوچھ نہ روزِ محتسب تھوڑی سی آج پی نہ دیکھ

مگر اس سے قبل کہ میں کچھ عرض کروں آپ نے شیشی میرے ہاتھ سے لے لی اور ایک گولی جس کا نصف حصہ میں ایک خوراک میں کھاتا تھا جلدی سے مُنہ میں ڈال لی۔ بغیر پان کے یہ پوری گولی آپ نے ان تیوروں سے کھائی کہ بجائے آپ کے میں چکرا کر رہ گیا ؎

میں نے چکھی بھی کہ ساقی نے کہا جوڑ کے ہاتھ
آپ للّٰہ چلے جائیے میخانے سے

میں ابھی کچھ عرض بھی نہ کرنے پایا تھا کہ کسی زیرِبحث تجویز پر ڈاکٹر عبدالحق نے آپ کا نام لیا اور آپ وہ شیشی ہاتھ میں لئے تقریر کرنے کھڑے ہو گئے اور اس انداز سے کھڑے ہوئے گویا مجھ سے کہہ رہے ہیں کہ ؎

وہم تجویز ہیں حضرتِ زاہد یہیں تک دیکھ کر
ہوش اُڑ جانے اگر شیشے کے باہر دیکھتے

چنانچہ آپ نے یہ ہوش اُڑانا بھی اس طرح شروع کر دیئے کہ تقریر جاری ہے اور تھوڑی تھوڑی دیر کے بعد ایک گولی نکالتے ہیں اور منہ کے اندر اُچھال دیتے ہیں۔ دو چار منہ تقریر کرنے ہی میں چلائے اور پھر ایک گولی چٹکی میں لیکر منہ کی طرف روانہ کر دی۔ اور یہاں یہ عالم کہ ؎

ہم اپنے چہرے پہ اُڑتی ہوائیاں دیکھیں

کچھ سمجھ میں نہ آتا تھا کہ کریں تو کیا کریں شیشی ہاتھ سے چھیننا آدابِ مجلس کے خلاف۔ آپ کو ٹوکنا حد درجہ معیوب سی بات۔ پھر یہ بھی طے کہ اگر یہ سلسلہ اسی طرح جاری رہا تو آپ گرے بغیر نہیں رہ سکتے۔ کئی مرتبہ ارادہ کیا کہ جہنم میں گیا آدابِ مجلس کا پاس یہ زندگی اور موت کا معاملہ ہے۔ یہاں تک کہ آپ کے علاوہ خود اپنی موت بھی نظر آنے لگی کہ اگر آپ کو خدانخواستہ کچھ ہو گیا تو دھرے جائینگے ہم بھی اور یہ سوال یقیناً پیدا ہوگا کہ ؎

ساقی نے کچھ ملا نہ دیا ہو شراب میں

طرح طرح کی باتیں بنیں گی کہ نہ جانے کب کی دشمنی چکائی ہے اور میں کسی کو نہ سمجھا سکوں گا کہ یہ چھینا میں نے نہیں چبوایا خود بدولت نے اپنی مرضی سے یہ اقدامِ خودکشی کیا ہے۔ میں انتظار کرتا رہا کہ اب آپ کہنے ہی والے ہیں حاضرینِ مجلس سے کہ حضرات معاف کیجئے گا ؎ -

مستی سے درہمی ہے مری گفتگو کے بیچ

مگر نہ آپ نے یہ کہا نہ تقریر یہ ادھوری چھوڑی نہ تقریر کے بعد ہی کسی سے کہا کہ ؎

یا ہاتھوں ہاتھ لو مجھے مانندِ جام مے
یا تھوڑی دور ساتھ چلو میں نشے میں ہوں

حالانکہ وہ پوری شیشی خالی ہو چکی تھی جس میں پچاس گولیاں تھیں یعنی میری سو خوراکیں اور میں واقعی پریشان تھا کہ اب ہو گا کیا مگر آپ کو کچھ بھی نہ ہوا اور کیوں نہیں ہوا یہ بات آج تک میری سمجھ میں نہیں آئی۔ اللہ جانے یہ آپ کے ظرف کی بات تھی یا میرے مقدر کی خرابی۔

آپ کے تمام مشاغل کچھ اسی قسم کے ہیں مثلاً آپ باقاعدہ پان کھانے والوں میں نہیں ہیں مگر کھانے پہ آئیں گے تو اس تواتر اور تسلسل کے ساتھ کھائیں گے گویا ؎

رات سے آ گئے جو پینے پہ صبح تک آفتاب ہیں ہم لوگ

کسی کو شبہ بھی نہیں ہو سکتا کہ یہ حضرت جو اس شدت سے پان کھا رہے ہیں دراصل پان کے بالکل عادی نہیں ہیں۔ دیکھنے والے تو صرف یہ دیکھیں گے کہ ؏

نہر پر چل رہی ہے پن چکی

شعر و شاعری کا عالم بھی کچھ اسی قسم کا ہے اپنی ذمہ دارانہ مصروفیتوں میں اس طرح منہمک رہیں گے کہ کسی کو شبہ بھی نہ ہو سکے کہ ایسے مصروف انسان کا

کوئی تعلق شعر و شاعری سے بھی ہو سکتا ہے مگر اپنی شام کی محفل میں شاعری شروع کی تو اُن مصروفیتوں کا اعتبار اُٹھ گیا جن میں دن بھر مبتلا رہے ہیں اور اندازہ ہوا کہ زندگی بھر اگر ان صاحب نے کچھ کیا ہے تو صرف شاعری ورنہ یہ پختگی ۔ یہ کہنہ مشقی اور یہ برجستگی ناممکن تھی مگر اس بزم کے برہم ہوتے ہی آپ پھر کچھ کے کچھ بن گئے ۔ میں اس ہمہ گیری کا مخالف نہیں ہوں البتہ صرف یہ عرض کرنا ہے کہ اگر شعر و شاعری کی طرف آپ سنجیدگی سے متوجہ نہ ہوئے تو ہمارے شعری ادب کا نقصان ہے اور اگر پان کی طرف سنجیدگی سے متوجہ ہو گئے تو ہم پان کھانے والے اس میدان سے بھاگ کھڑے ہوں گے ۔

شوکت تھانوی